チョン・スチャン

羞 恥

斎藤真理子訳

みすず書房

수 치

전수찬

This book is published under the support of
Literature Translation Institute of Korea (LTI Korea).
本書は刊行にあたり,韓国文学翻訳院の助成を得ました

羞恥

東南アジア人の町

列車がトンネルに入ると窓の外が再び暗くなった。私はカーテンを開け、闇を眺めた。車窓の中の深い、暗いところに私の姿が溶けこんでいる。私はそいつに向かって問いかけた。どこへ向かっているんだ、おまえは？

陽射しが入ってくるとカーテンを閉め、目を閉じる。私は光が嫌いだった。列車が再びトンネルに入ると暗闇に目をこらす。そしていつもの悪い癖で、そこに友の姿を見出すのだった。暑さでうだった犬が舌を出してハアハアと喘いでいた。犬を抱いて走ってきた友は、曲がり角で鉢合わせしたのが私だとわかるとほっとしたようだったが、すぐに不安げな目つきで尋ねた。おまえだけは俺を責めたりしないだろう？　な？

彼と私が住んでいたB市のはずれ、東南アジア人が集まって暮らすその町で、閑散とした昼間の時間には犬たちが車道に出てうろうろしていた。東南アジア人たちは主に隣町の鉄工所や町工場で鉄板やステンレス板の加工に従事したり、プラスティック射出工場に通ったりしていた。夜のこの町は、他の町より明るい。仕事帰りの人々がタイ食堂や国際テレフォンカードを売る輸入食品店の前に三々五々集まり、夜遅くまで話に興じているからだ。

異邦人の町だ。そして、私たちはそこでも異邦人だった。

私たちはその町で、ハン・トンベクが犬を抱いて走ってきたあの路地に住んでいた。犬を盗んだ日から、トンベクはすっかりこの町の笑い者だった。彼が盗んだ犬が、この一帯で兄貴分として幅を利かせているタイ食堂の主人のものだったからだ。あの蒸し暑い午後、犬買いが食堂の前で一息入れていると、まさにその食堂の主人が、鉄の檻の中に自分の犬がいるのを発見したというわけだ。彼は犬買いを問い詰めて犯人をつきとめるとただちにトンベクのところへ行き、彼の胸ぐらをつかんで食堂の前まで引っ立てた。そしてあたりを揺るがすほどの大音声で怒鳴った。

「この泥棒！　警察へ行くぞ！」

彼はトンベクと私を知っていた。同行した私が代わりに謝罪すると、主人は私には聞き取れない言葉で火がついたように怒鳴りちらし、トンベクを食堂の中に引きずり込み、午後の間じゅうずっと中庭から出さなかった。

夜になると主人は、町に戻ってきた仲間たちを呼び集めてトンベクの処分について相談し、その間トンベクは彼らの前で正座して待っていた。方針が決まると主人はトンベクの前に立ちはだかって雷を落とし、すぐに振り向いて仲間たちに笑ってみせた。それが罰であり、罰は夜遅くまで続いた。

いつものように食堂の前に一人、二人と人が集まってくると、主人は客をもてなすかのように彼らをトンベクのそばの席に案内した。客たちはトンベクをぐるりと取り巻いて座り、いつものように他愛のない話をしては笑い、ときどき誰かが立ち上がってトンベクに怒号を浴びせたり、嘲ったりすると皆が加勢する。食堂の前は軽い興奮に包まれた。彼らはそれ以上に手荒なことはしなかったが、簡単に釈放もしてくれなかった。後から参加した人の中には、トンベクの前に座り込み、顔をじろじろ見ることで軽蔑を表す者もいた。その小さな祭りは、主人が連れてきた犬にトンベクが頭を下げて謝罪することで終わった。

それより半月ほど前、トンベクが突然、また家族を探しに行くと言い出したのがすべての始まりだった。私たちの間で家族の話は禁句だったが、彼がそう言い出したとき、無謀だと忠告することはできなかった。トンベクはカン・ヨンナムに、自分の代わりに中国に行ってくれと頼んだ。俺はそういうことには無能だからというのである。初夏に入ってヨンナムが中国へ発つと、その後二週間ほど、トンベクは恥ずかしさを隠している子どものように顔を赤らめていた。やがてヨンナムは、顔と腕を真っ赤に日焼けさせただけで、何の消息もつかめないまま帰ってきた。ヨンナムと私が予想したとおりだった。こんなことを試みた意味は、トンベク自身にあったのだ。何日かして私は、トンベクが犬を盗むのを目撃した。

町じゅうの笑い者になったのに、トンベク自身はせいせいしたような、むしろ生き生きした顔で歩き回っていた。休日になるとトンベクは、市街地に出ようと私を盛んに誘う。彼は、ヨンナムより私の方に親しみを持っていた。彼も私もモンゴルの砂漠を経由してここへ来たので、ある意味で二人は同郷人だったのだ。彼は私より二年早くそこを越えてきたが、その際、電気の通った有棘鉄線一本隔てて家族全員が中国の公安に捕まるのを目のあたりにしている。東南アジア人の町で暮らす私たち三人はいずれも、生き残ったことへの羞恥心を抱えていた。三人の中で最初に来たヨンナムは何年も家族を探していたが、その後は家族の話を一切しなかった。

私はモンゴルの砂漠で妻を捨てた。幼い娘のカンジュを生かすために、精根尽きはてた妻を木の下に置いて、背を向けたのだ。

休日、トンベクと私は市街地のあちこちを歩き回った。これという目的もなく歩き、疲れたらところかまわず座りこんで休む。長雨の後で、ずっと蒸し暑かった。陰になった路地を見つけるとそこに入り、燃料切れの機械のように塀に寄りかかってうとうとした。私も彼も、夜はまともに眠れない。路地に並んで寝て目をさますと、子どもに帰ったような気持ちで気恥ずかしい会話を交わすこともあった。私たちは路地を愛した。不思議なことに、そこでは何も恥ずかしくなかったから。

一週間が経つたび、帰り道で陽が少しずつ早く傾くようになり、塀に映る私たちの影法師は長くなっていった。秋にさしかかるころだった。その日も私たちは塀に映った影法師と並んで歩いていた。彼がだしぬけに言った。

「おまえ、カンジュがいなかったらどうなっていた？　生きてこられたと思うか？」

私は答えられなかった。何気ない素振りの一言だったが、彼もまたそんな問いから自由ではなかったのだ。それは私がいつも自分自身に問いかけていた内容と同じだった。カンジュがいなかったら、私にとって生きる意味はあるだろうか。

私たちはしばらく、恥をかかされた人間のように顔を赤らめて歩いた。それがついに、私への最後の言葉になったのだ。次の休日がめぐってきたとき、トンベクは外出前に自室で首を吊った。


好奇心で気もそぞろな若い警官は、私が彼の友人だということも忘れているようだった。

「黄色い染料をかぶったのですね」

彼はトンベクを覆ったシートをめくり、好奇心の混じった目で私を見つめた。

「先輩たちが、こういうのは世の中に抗議したい人がやることだと言っていたんですが……」

トンベクは懺悔のように黄色く染まっていた。染料かペンキかわからないが、黄色いものが脳天から、瞑目した顔、鎖骨を伝って胸まで流れ落ちていた。若い警官は、私が疑問を解いてくれることを期待していたようだったが、私は彼を冷たく無視した。彼はそこでようやく、私が死者の友人であることを思い出したらしく、後ずさりして、トンベクと対面する時間をくれた。

その場に来なかったヨンナムも、黄色い染料については私と同意見だった。私の言葉を聞くと、長くは考えず、すぐに言った。

「最後まで恥を忘れたくなかったんだな」

それは私の思いでもあった。他人には理解できまい。やっと二十歳を過ぎたばかりの若い警官にとってはなおさらのことだ。私は黄色く染まったトンベクをしばし見つめ、ただちに彼の死を受け入れた。何も否定しなかった。ヨンナムは私に、おまえは妻の死から立ち直っていないから、そんなふうに他人の死もたやすく受け入れてしまうのだと食ってかかった。それも正しい。休みの日に市街地で、トンベクと私はいつも死すれすれのところを歩いていた。私たちにとっては生者より死者の方が近かった。彼は、私たちが間近に感じていたその境界を越えてしまった。

私は若い警官の好奇心を満たしてやることができぬまま、彼が差し出した書類に、この死者が南韓に縁故を持たない脱北者であり、ハン・トンベクという者であることを証明すると署名した。弔問客のいない葬式で、カンジュはトンベクの遺影の前を通るたび、その顔をじっと見つめていた。娘は何かを納得しようと努めていた、けれども納得できないようだった。

砂漠の木の下に妻を横たえたとき、私は娘に何も説明しなかった。別れの挨拶をする時間さえ与えなかった。妻に背を向けるや否や、私は娘を背負って走った。後ろから声が聞こえてくるのではと恐ろしかったのだ。娘は私の背中で泣きつづけ、その泣き声の方が、私にはまだしも耐えられた。

娘はいつも私を恨んでいた。私も、娘に理解されたいと思わなかった。私たちが自分を理解したら、その瞬間、もはや生きることに耐えられなくなるだろう。

「おじさんはどうして自殺したの？」

通夜の日、夜がふけてから娘は私に尋ねた。

「おじさんは、疲れてしまったんだよ。別れた家族のこともわからずじまいだったし。ずっとつらかったんだ。もう楽になりたいと思ったんだろう」

娘が納得できないのはトンベクのことではなく、自分たちのことだった。彼女は私を恨めしそうな目で見つめた。

「お父さん、私たちはみんなこんなふうに死ぬの？」

私は我々がみなこのように死ぬとは思わなかった。

一か月ほどして、ヨンナムは東南アジア人の町を離れ、江原道《カンウォンド》に移住した。引っ越す前の日、彼はトンベクが犬を抱いて走ってきて私と出くわしたあの曲がり角に私を呼び出した。

「再出発っていう言葉が罪の意識を持たせるようじゃ、よくないよな。死んだ者には死んだ者の役割があったんだし、生きてる者には生きてる者の役割があるはずだ。トンベクも、俺たちの再出発を祈ってくれているはずだろ。俺はもう、完全に自立しようと思ってるんだ。畑を耕して鶏を飼って、汗を流して働こうと思う。それがあいつの分も生きるということだと思うから」

しかし、「再出発」という言葉はどうしても、私たちに小さな罪の意識を残す。晩秋の町で、ヨンナムはその曲がり角に一本だけ設置された街灯に向かってたばこの煙を長く吐き出し、私は足元の自分の影を踏みながらそう思っていた。

「最近はよく眠れるか?」

　彼が尋ね、私は答えなかった。

「このことはちゃんと話しておいた方がいいと思ったから、呼び出したんだ。ひょっとしておまえ、トンベクのことで自分を責めたりしてないか?」

「してないよ」

「トンベクは自分なりの選択をしただけだ。他人が責任を感じることはないさ。俺もつらいよ。みんなつらかったよな。でも、生きていることをすまながっていたら、生きていけないだろ。生きることを選んだ人間は生きなくちゃ。そういうことだよ。昼は働いて、夜は眠って」

「わかっているよ」

「じゃあ、なぜ今も眠れないんだ。奥さんのことか?」

　私は答えなかった。

「トンベクのことで自分を責めてないなら、よかったよ。だけど、奥さんのこともう乗り越えなくちゃ。おまえは、俺やトンベクとは事情が違う」

　彼は影法師についていく私の足元を見つめた。

「カンジュがいるのに、そんなふうに暮らしていちゃだめだ。奥さんだって、おまえがそんなふうなのを喜びはしないよ」

　私は顔を上げて、尋ねた。

「おまえの家族の消息はつかめないままか？」

彼は仰向いて、街灯に向かってまたたばこの煙を長く吐き出した。あれは街灯のせいだけだったのだろうか。そのとき彼の顔は、熟した柿のように赤く見えた。

「死んだだろう。そう思うようになって、もうずいぶんになる」

翌日、彼は江原道へ出発した。そこで彼はしばらく自給自足生活の実験なるものに熱中し、ときどき、活気のある声で近況を知らせてきた。彼が移住したのは江原道の中でも山奥にある村で、彼が言うには静かで景色のいい、暮らしやすいところだそうだ。だからなのか、人里離れて一人暮らしという境遇にもかかわらず、いつも私のことを心配していた。言葉にはしなかったが、彼が心配していたのは、私が妻とトンベクのあとを追わないかということだったろう。

死を思うことはなかった。トンベクが逝ったあと、生きることがいっそう荒涼とした、無意味なものに思えたことは事実だ。私は相変わらずちゃんと眠れず、昼間、仕事中に思わず眠気に襲われ、びくっとして飛び起きることもあった。そして不眠を治そうともしなかった。夜、テレビの画面が真っ白になるまでさまざまな想像にふけったが、それが私の唯一の遊びであり、快楽であり、せせこましい自由だったのだ。ひどいときは昼間のうちから、そんな甘い想像に耽溺できる夜が恋しくてたまらなかった。

その想像の中で私はいつも、カンジュと一緒にどこか新しい場所に到達するのだった。そこには国名も地名もなく、言語も人種もいつも違っていた。単なる「どこか」にすぎなかった。けれども私は毎日、そこに恋い焦がれた。夜になるとそこに行ってさまざまな経験をする。そんな甘い快楽に浸っているうちに、いつのまにか窓の外は徐々に明るくなっていた。

そんな想像をするのは初めてではなかった。最初は、妻を砂漠に残して半年間も東南アジアをさまよったあと、南朝鮮に向かう飛行機の中でのことだった。その朝私は、南朝鮮に行くと決めた今になってもまだ自分が搭乗を拒否していることを感じていた。飛行中ずっと眠ろうと努め、眠れないときは目をつぶっていた。カンジュも同じだった。その間、私たちはずっと口をきかなかった。

目を閉じたまま、名前も国境もない、あえていうなら人が生きているだけの場所を想像していた。飛行機がそんな場所へ向かってくれたらいいのにと願った。そこには安息がなく、また、この土地で何かを手に入れようとしたという自責の念も起きないだろう。カンジュと私は安息が怖かった。私たちはどこかへ行って何かを享受することが嫌だった。

だが、私が向かっているのは南朝鮮という具体的な場所である。ましてや私は飢えのために助けを求めてそこへ行く身の上なのだ。何かを手に入れようとしたどころではすまない。腹を満たすために必死になって初めて、私の立場は正当化される。

東南アジア人の町で暮らす三人は人生に多くを求めていなかったから、目標などというものも持たなかった。自給自足を実践したいという素朴な思いは、私たちの間で初めて口に上った目標である。ちょっと見には私を気遣っていてくれたが、苦しんでいるのはヨンナム自身も同じだった。トンベクが逝ったあとも生きていくためには、彼にとっても、自分を奮い立たせるための何かが必要だったはずだ。

春になると、ヨンナムが住む冬季オリンピックを誘致した市の郊外で、朝鮮戦争当時の民間人の遺骨が大量に出土したというニュースで国じゅうが騒然となった。遺骨は選手村のマンション建設工事中に、掘削機のシャベルいっぱいに詰まった形で出現し、この惨劇の原因をめぐって再び全国が揺れた。政府が国防部傘下の調査団に事件の真相調査を任せると、世間の耳目はその結果に注目した。

一か月ほどして、政府の調査団はこの惨劇の原因を、国連軍に追われて後退していく朝鮮人民軍による虐殺と判断し、公式発表した。だがその後、民間の学会の教授たちが、政府の挙げた証拠に反駁する声明を発表した。証拠として提出された人民軍の小銃の薬莢《やっきょう》だけでは断定できないというのである。続いてある在野の研究者が、遺骨が出土した地域に住む一人の老婦人の証言を取り上げてその主張に加わった。戦争で夫と息子をなくしたという九十代のその老婦人は、米軍による虐殺だったと証言した。戦争末期に北進していた米軍が、彼女の住む村を人民軍の主要根拠地であるとして反逆者を処罰し、その過程で自分の夫と息子も死んだのだという。それに対し政府の調査団は、この老婦人は他の地域で起きた事件と混同していると反論し、再び注目を集めた。老婦人はその後、健康上の問題という名目で外部との接触を一切断ち、姿を現さなくなった。結局、政府の調査団の発表が公式見解となり、しばらく中断されていた選手村マンションの建設工事も再開されたが、人々が政府の発表を全面的に信じたわけではないようだった。

ニュースでは遺骨を映すとき、画面を白くぼかして加工していた。私は冬季オリンピックのことなど何も知らず、ヨンナムの移住先がオリンピックを誘致したこともその事件によって初めて知った。そのころは病院で処方された睡眠導入剤の効果でいくらか不眠が治まっていたのだが、遺骨を見てからまた眠れなくなった。それは私に死というものを見せつけた。妻もまたあんな格好で砂漠に転がり、私たちのあとから来てあの道を行く者たちにすさまじい恐怖を与えているのだろう。そんなことが脳裡に浮かんだ。

明け方、浅い眠りの中で未知の人々に会うことがあった。服装や顔つきは故郷の人たちに似ていたが、彼らは、自分たちは戦争の際の犠牲者だと言った。白いチマチョゴリをまとい、山奥の人のような雰囲気の老婆は、しわだらけの顔で、明らかにつらそうなようすで暗がりを歩き回り、振り向くと私をにらみつけた。人々は怒っていた。黄土まみれでべたべたの服を着た中年男は、悩みに満ちた表情で座りこみ、言いたいことをグッとこらえているようだった。私は彼らが怖かった。眠りから覚めたあとも、本当にその人たちに会ってきたような、死に接近してきたような感じが冷え冷えと残っていた。

ある日、「真実を要求する」という主張を掲げた人々が選手村のマンション工事現場の前に陣取り、政府に再調査を求めるデモを始めたというニュースが流れた。ほどなく、ある日刊紙が彼らを不純な勢力と規定し、彼らが米軍のしわざであることを「期待」していると表現したことが、当事者のみならず広い反発を招き、その後、少数だったデモ隊に参加する人が日に日に増えていったらしい。デモ隊が登場したあと、ニュースではその都市のインターチェンジの上に造られた、「冬季オリンピックの町へようこそ！」と大きく書いた虹色のネオンサインがついたゲートのようなものを映すことがよくあった。私の目にもそれは、六十年以上も前の事件の真相に向けられた世間の視線を、目の前の現実である国家行事、冬季オリンピックへと誘導するものに見えた。それはまた、両者の利得を秤にかけてみせる意図も持っていたようである。

　これを不快に感じたのは、決して私の被害者意識のせいばかりではなかったと思う。ニュースではデモ報道のたびにインターチェンジのゲートが画面に登場し、選手村の工事現場のようすもたびたび紹介していたが、それもまた同じ意図だったのだろう。資材をぎっしり積み、野太いうなり声をあげて現場を目指すダンプをニュースで見るたび、彼らにとっては砂漠に捨てられた一人の死など取るに足りないものなのだろうという恐怖に、私はとらわれた。

　地元のことをときおり面白そうに伝えてくれていたヨンナムは、デモ隊が登場してだんだん人数が増えてくると、子どものように声を弾ませていた。

「昨日は面白いことがあったんだ。ムーダン〔朝鮮の土着宗教である巫俗《ふぞく》を司るシャーマン〕が一人、デモ隊の前でお祓いをやると言ってやってきてな。それでどうなったと思う？　中味を全部出した雄豚の皮をすっぽりかぶってきたんだぜ。みんなたまげて逃げだしたんだが、それでもムーダンはそこでお祓いをやるっていうんだ。デモ隊のために派遣された警官も、止めるべきなのかどうかわからないから、おたおたしてな。いや、あれはただ怖くてうろたえていたのかもしれない。結局は止めに入ったんだが、あとで見たら警官の制服にも豚の血がたっぷりついていたよ。雄豚一匹が機動隊の一個小隊を相手にしたってわけだ。

結局、ムーダンが追い出されたんだが、出ていくとき後ずさりしながら一言言ったんだ、『このままでは恨みを抱いた霊魂が黙ってはいないだろう』って。まずお祓いをしなければ、オリンピック開催どころか、国が亡びる兆候が出ているっていうんだ。その目つきがとっても怖かったなあ。そのとき見物人がどんな顔をしていたと思う？　ムーダンの話なんか鼻であしらうかと思ったら、深刻な顔で耳を傾けてたよ。あれは豚の皮のせいじゃないな、ここの住民たちがそれぐらい冬季オリンピックに期待しているってことだ。おまえは知らないと思うが、この地域じゃ、冬季オリンピックは経済活性化の救世主なんだ。これを景気の踏み台にしようってわけだな。ところがいきなり六十年前の戦争の遺骨が出てきて、邪魔するような格好になってるだろ。そんなこんなで昨日は、超現代的な建設工事と原始的なお祓いの対決だったんだよ」

ヨンナムもまた、その遺骨にトンベクやなくした自分の家族たちの幻を見たはずだ。しかし「新生活」を始めた者の意地とでもいうのか、そんなようすを表には出さなかった。それぱかりか、南朝鮮の人々の葛藤についても詳しく聞いてきたらしく、ある日夜中に電話してくると、秘密を打ち明けるように言った。

「何日か前にな、デモをしていた女学生が一人隊列から飛び出して、『無念な魂が泣いている！』

って叫んで警官の盾にぶつかってって、頭が割れちまったんだ。そのとき俺もそばにいたんだが、俺が見てもほんとに突発的だったよ。誰かの怨念でも宿っているみたいに興奮して走り出したんだ。俺は単に、いきなりどうしたんだと思っただけだが、知り合いに聞いたら全部、理由があるんだな。つまりデモに参加してる人たちは、虐殺の真相を追求したいということもあるけど、それ以前に今の政府に強い不信感があるらしい。それで感情的になったんだろう。その不信感にも歴史的な根拠があるってことだな。解放後〔一九四五年に日本の植民地支配から解放されたことを指す〕、政治を取り仕切ってきた連中は反共が国是で、歴史的な事実も自分たちに有利なように歪めてきただろ。そう考えれば遺骨事件は、戦争犠牲者の名誉回復問題というだけじゃないんだろうな」

私は明け方に犠牲者たちの幻を見たことがあるだけで、虐殺の真相だの、南朝鮮の人たちの葛藤だのに関心はなかった。

夏に入って私は職場を解雇された。

「あの世に行かせたくないから辞めてもらうんだよ。まともに睡眠がとれるようになったらまた来いよ」

あえて不眠を理由にしなくても、首を切る理由は充分にあったろう。私は仕事熱心ではなかったし、熟達しようと努力したわけでもなかった。それでも解雇の理由として不眠を強調したのは、いつも私を気の毒に思ってくれていた社長だけに、解雇を告げるのがつらかったからだろう。

朝起きると家を出て、トンベクもやっていたように、目的もなく市街地を歩き回った。まともに眠れないのでは他の仕事にもつけないが、不眠症を治したいという気にもなれなかったのだ。昼間、市街地を歩き回り、トンベクと一緒に入り込んだことのある路地で前と同じようにうとうとしたり、北で暮らしていたころを思い出したりしていた。

ヨンナムやカンジュに、首になったことは話さなかった。そうとは知らないヨンナムは、やたらと電話してきては花見の話などをして、私に遊びに来いと誘うのだった。春以来ずっとそれが続いていた。

「俺はこのごろ、人間は川や山や花とともに生きるべきだってことを実感しているんだ。遺骨事件でもめごとが起きてるのも、自然と触れ合わずに生きていると人の心がすさんでいくからじゃないかな。一度、必ず来いよ。おまえ、あの町にずっといて嫌気がささないか？　カンジュのことも考えて一度来てみろよ。あの子みたいに小さいときに心に傷を負った子は、こういう環境で暮らすのがいいんだ」

実際、市街地を歩き回って一日をつぶすのにも無理があった。家に帰る途中、塀に映った自分の影の前で立ち止まってしまうこともあった。夜は見知らぬ土地にたどりつく幻想に浸り、昼は市街地の路地で足りない睡眠を補う。トンベクが懐しく、妻が恋しかった。ある日など、妻よりも、妻がいるところの方が恋しかった。カンジュを裏切ることもできそうだと思う日さえあった。

結局ヨンナムには、首を切られたことを知らせた。それまで、睡眠のことは心配いらないと言いつくろってきたので、解雇されたことより、私の不眠症が治っていないことの方が彼には残念だったらしい。

「それでも生きてるんだから偉いもんだ。寝ないで生きる秘けつは何だい？　言っただろう、病院に行ってでも何をしてでも眠らなきゃだめだって。情けないなあ。おい、おまえはあの町から出るべきだよ。そこにいたっておまえは奥さんとトンベクのことを考えるばっかりだろ。これもチャンスだよ、四の五の言わずにカンジュを連れて、この機会に何日か来い。時間はあり余ってるんだから」

春からずっと聞き流してきた彼の話に、そのときは心が惹かれた。彼の言うとおり、何日かでも住んでいるところを離れてみたかったのだ。その話をカンジュに切り出すと、思春期の子が大人二人と一緒の旅行を喜ぶはずもなく、耳を貸すふりはしても聞いてはいなかった。旅行の話と一緒に失業のことも話したが、娘は顔色も変えない。あんまり平気そうなので、慎重に話を切り出した私の方がかえって物足りないほどだった。関心がないだけなのだ。思春期に入って以降、娘はどんな手を使ってでも私と距離を置こうとしていた。だから私は、一人で行くことになるなと思っていた。

ところが何日かして娘がいきなり旅行の話を持ちだし、友だちのチスと一緒でもいいなら行くと言う。チスは、新学年に入って、南朝鮮に来て以来カンジュが初めて友だちになった男の子だが、カンジュが旅行の話をすると、むこうから一緒に行きたいと言い出し、彼女が説得されたのだという。私としては断る理由もなく、おかげでことは意外にたやすく解決した。

子どもの夏休みが始まる日に発つつもりだった。出発の一週間ほど前、しばらく連絡が途絶えていたヨンナムが夜遅く電話をしてきて、急に沈鬱な声をもらした。遺骨の話だった。

「おまえ、遺骨事件のことどう思ってる?」

まるで初めてその話をするかのように彼は言った。

「どう思うって、急にどうしたんだ」

「おまえも南朝鮮の人たちみたいに、遺骨事件は真実追求の闘いだとかいうふうに思ってるんじゃないかと思ってさ」

「真実追求?　人民軍が殺したか、米軍が殺したかってことをか」

「ああ、そうだ」

「俺がそんなことに関心を持つような立場か。自分のことだって手が回らないのに」

「そうだよなあ、俺たちは……」

彼はしばらく沈黙した。受話器からは、彼がタバコの煙を吐き出す音だけが聞こえてきた。

「どうしたんだ、何かあったのか?」

私は訊いた。彼はゆっくりと言葉をくり出した。

「おまえ、演劇をやったことがあるか」

「演劇?」

「実はな、こっちで今、演劇を一つ公演しようとしている人がいるんだ。その人が俺に、一緒にやろうって言うんでね」

「急に、何のことだ」

彼は黙ってからこう言った。

「ちょっと変わった演劇なんだ。その人は懺悔劇って呼んでるんだけども」

「懺悔劇って何だよ」

「懺悔を目的とした演劇だよ。普通の演劇とはちょっと違うんだ。前はカトリックの神父だった人なんだが、神父を辞めてそういう演劇活動を始めたんだそうだ」

「何のことだか、まるでわからんなあ」

「うん、そうだろうな。おまえ、日本軍の慰安婦問題、知ってるだろ」

「知ってる」

「あのお婆さんたちのための演劇が最初だったんだと。そのときは、日本軍の将校を主人公に仕立てて、戦争のときのことを回想して告白させて、最後には懺悔に持っていったんだそうだ。反応は良かったらしい。そういうのが懺悔劇だ。難しい話じゃないよな、懺悔を目的とした演劇っていうだけさ。その後、全国を回ってそんな演劇をいくつか作ったんだそうだ。俺らよりは若いが、見たところ誠実そうな人だよ。だからそんな演劇をやるんだろうけど。その人が一週間前にこっちに来てな、今回の遺骨事件を演劇にしたいって言うんだよ。ここでやるなら、人民軍の将校を主人公にして、当時のことを回想して罪を告白させる形になるだろ。その役を、俺にやらないかって」

彼の言葉は私の理解を超えていた。

「いったい何のことだ？　そういう演劇があるとして、何でおまえがやるんだよ。そんな趣味があったっけ」

「いや、そうじゃないよ、演劇自体に意味があるわけじゃない。俺も懺悔がしたいってことなんだ」

「懺悔？」

「ああ。その話をしたくて電話したんだよ。こんな話、おまえ以外の誰にできると思う？」

「俺は何のことだか、さっぱりだがね」

彼はしばらく沈黙したあげく、尋ねた。

「おまえ、まだ眠れないか？」

「自分の話をしろよ」

彼はまた黙ってしまった。

「ずっとおまえの心配をしてきたけど、俺だって毎日、のうのうと眠れてるわけじゃないんだ。ほんとは俺も苦しかったよ。トンベクが行っちまったあと、新生活をしなくちゃと思った。それでも心が苦しいのはどうしようもないんだよな。ここへ来てから家族のことをずいぶん考えた。山の中に一人だから、寂しいしな。それでおまえたちに遊びに来いってせかしたんだ。まあしょうがないだろ、とにかく生きていかなきゃならんのだから。そんなところへ何日か前にその演出家が会いに来て、懺悔劇って言葉を持ち出してな。初めはよくわからなかったよ。だけどぼんやりと気づいたんだ、俺がずっとやりたかったのは、まさに懺悔なんだって。その人はカトリックだから懺悔と呼ぶわけだけど、俺が言いたいことわかるだろ？　俺たちはみんなそれがしたかったんじゃないのか。トンベクが自殺したのも、要は懺悔がしたかったんじゃないか、俺もそうしたかったんだってよくわかったんだ。それですぐに、一緒にやるよと言ったんだ」

「それもどういうことなんだか。演劇だろ、実際に懺悔するわけじゃないだろ？」

「もちろん懺悔は、劇に出てくる人民軍の将校がやるんだよ。俺はそれをきっかけにしたいんだ。こう言うとどう思われるかわからないが、ほんとに俺は告白したいんだ。家族たちが死んだのかもしれないのに一人で生きているということを、人前でぶちまけてしまいたい。もちろん演劇の中で言うせりふはそれとは違って、虐殺を懺悔するせりふだろうけど。監督と相談してるんだが、人民軍将校の役は引き受けようと思ってるんだ。その演技をしながら、心の中で自分の過去を告白して、懺悔したい。劇の中の人物みたいにな。それで気持ちが軽くなればいいと思ってるんだ」

新生活をすると言って江原道に行ったあと、彼がそんな話を切り出したのは初めてだった。私にはまるでわけがわからない話である。

「演出家にもその話をしたのか？」

「その人に言って何になる？　こんな話ができるのはおまえしかいないよ」

「その人はただ懺悔劇をやりたいだけなんだね？」

「その人の意図は、罪のない犠牲者の慰霊なんだよ。だから今回の騒ぎ自体は冷ややかに見ているね。政府もデモ隊も、犠牲者たちの死を自分の主張に利用しているって。どっちも真実を主張してはいるけど、本当の真実には顔を背けているって。本当の真実ってのは、罪のない人々の死のことだな。誰が殺したかは二次的なことなんだ。後世に残すべきことは、そんなに大勢の人が罪もないのに死んでいったという事実そのものだからな。だから、まずは同じ人間として虐殺を懺悔して、浮かばれない霊を慰めるのが先だってわけだ。俺はそれは正しいと思う。俺がおまえに、真実追求の闘いという考え方に同意するかと訊いたのも、そのためだよ。俺たちみたいな人間こそ、こんな争いに振り回されないで本当のことを見つめることができるんじゃないかな」

「そこに参加するって意味じゃないんだな？」

「もちろんだ、俺が何でそんなことにかかわらなくちゃいけないんだ。おまえと同じく、俺だってそんなことに関心はないよ。俺は懺悔がしたいだけだ。だけど演出家はかなり悩んでいるよ。みんなが自分の意思をありのままに受け入れてくれないかもしれないと言ってね」

「いったい、その演出家とはどうやって知り合いになったんだ？」

「それはちょっと妙ないきさつがあってな。俺がこっちで親しくなった兄貴みたいな人がいるんだけど、その人が俺を推薦したんだ。その演出家はどこにも所属してないから、劇団もないし専属俳優もいない。前も、地域の人を集めて演劇を作っていたらしいな。で、その人が演出家に、脱北者が一人いるんだが、どうせ人民軍の役があるなら彼に任せたら実感が出るんじゃないかって話したんだよ。演出家も、俺さえ同意すればそれが良いって考えなんだ。俺、ほんとはおまえのことも考えたんだ。ちょうどおまえも来るんだから一緒にやれるんじゃないかってな。もちろんおまえの意思に任せるけど」

私は混乱して、頭を整理したくなり、その件はまた話そうと言って電話を切った。そして電話をする代わり、翌日、旅行の計画を変更した。子どもたちより一日早く出発し、懺悔劇というその奇妙な話を詳しく聞いてみようと思ったのだ。こんな話を子どもたちに聞かせるわけにはいかない。

江原道へ行く列車の中で、ヨンナムの言葉を思い出すことはなかった。思い出したのはトンベクであり、彼と一緒に過ごした自分自身のことだった。一度も足を踏み入れたことのない土地へ列車が入っていくとき、心は落ち着かなかった。私はずっと自分に問うていた。おまえはどこへ行こうとしているのか。帰ったら、またどこへ行くのか。

江原道の陽射しは熱かった。プラットフォームに下りるや否や、私はまぶしさに思わず目を閉じた。

坂を上る人々

ヨンナムは駅前広場のすみの、あずまやのある大きなケヤキの木の下から、見たことのないバイクに乗ってゆっくり近づいてきた。顔も、半袖の下から出ている腕も、会わないうちに日焼けして、新生活を始めた人間らしかった。

「冬季オリンピックの町へようこそ！　ハハハ！」

彼はバイクから降りると嬉しそうに私の肩をたたいた。

「ずいぶん焼けたなあ。ぱっと見て、土地の人だと思ったよ」

私がそう言うと彼は照れくさそうに笑ったが、その顔は東南アジア人の町に住んでいたころより健康そうに見えた。

「おまえは肉体労働をしてたのに、何で書生より顔色が悪いんだ。途中で何かあったのか？　カンジュは明日来るんだって？」

「問題なんかないよ。カンジュは明日の昼ごろ着く」

「とにかく、よく来た。どうだ、やっぱり田舎はいいだろう?」

彼は振り向いて駅前広場をとりまく山を眺めた。この都市のことは、テレビで見たデモの場面しか知らなかったが、素朴でのどかな駅前広場と周囲の山々にはとても親近感が持てた。

「すごくいいな。おまえの言うとおり、もっと早く来ればよかった」

「そうだろう。俺の言うことを聞いて損するわけはないんだ。俺、ここに初めて来たとき、故郷に来たような気分になったよ」

「ハハハ、とにかく順調なようだし、元気そうだな」

私は日焼けした彼の腕を握った。

「自給自足をしている人間の腕はこうでなくちゃ。白かったら話にならんだろ。おまえの方は、体の調子はどうなんだ」

「大丈夫だよ。ところで、これはどうしたんだ」

私は初めて見るバイクを指さした。

「最近の俺の一番の友だちってところだ。一か月ぐらい前に手に入れたんだ。高いものじゃないよ。人が乗っていたのをそのまま譲ってもらったようなもんだ」

「自給自足生活とかいって、こんなもの買ったりするのか」

ヨンナムは、わが子を見るようにバイクを満足そうに見おろしていた。

「行けばわかるけど、俺が住んでいる村はほんとに辺鄙なところなんだ。ほかのことはともかく、町に出るのが不便でなあ。家からバス停まで三十分ぐらい歩かないといけないし、バスの便だって一日に何回もないんだぜ。一人暮らしだしなあ、ちょっとはやる気も出るんじゃないかと思って、一大決心したんだ。だけど、いくらもしなかったよ」

私は停めてあるバイクの前と後ろをじっくり観察した。高いものではないといっても、そんなものがあること自体、私たちの間では奇妙なことだ。

「こんなものに乗ってるとは思わなかったなあ。どうだい、乗ってみて」

「いいよ。ほんとの話、これさえあれば全国一周できるよ。最近じゃ、バイク修理を習いに行ってるんだ」

「バイク修理？」

「自給自足だからな！　自給自足って、野菜を植えて鶏を飼ってるだけじゃだめなんだよ。それじゃ飢え死にはしないけど、電気代だ何だって金がかかるし、少なくとも米は買わないわけにいかないだろ。それで、これを売ってくれた人がバイク修理もやってるから、修理を教えてくれって頼んだんだ。やってみたら面白くてね、一週間に二回ずつ通ってるんだ」

「ほう、おまえにそんな才能があったとはなあ。機械いじりをしてるところなんか見たこともなかったけど」

ヨンナムはバイクのシートをトントンたたきながら、一人でにっこり笑った。

「それが、ちょっとわけがあってな。実際、一人で山ん中に住んでると寂しいだろ。技術を覚えるのが半分、風に当たるのが半分だな。ここに来てから特に誰ともつきあってなかったんだけど、そのバイク屋の主人とは、何だかんだで行き来するようになったんだ。村は年寄りばっかりで、気の合う人もいないしな。実はその人も男やもめでね、退屈だから、通りがかかりにマッコリ持って訪ねてきたりするよ。俺がこの前言っただろ、兄貴みたいな人がいるって。それがその人なんだ。こんな田舎に住んでても、バイクの知識はすごいよ。前に、粉食店〔麺類や海苔巻きなどの軽食を出す飲食店〕の出前に使うちっこいバイクあるだろ、あれに乗って全国一周したんだってよ。そんなふうに好き勝手やってたら、女房が逃げちまったっていうんだけどな、ハハハ！」

「山奥の男やもめどうしか、そりゃお似合いだな」

「類は友を呼ぶってやつだ。それと、バイク修理を習うようになったのもきっかけがあってな。ある日その店に寄ったら、その人がこれの一・五倍ぐらいの大きいバイクを分解してて な、面白そうだから見てたんだ。そしたら、ほんとにねじの一個まで全部分解するんだね。あの人はそれが趣味なんだ。それをもう一度組み立てていくと、ほんとにすっかり元どおりになって、エンジン音をブンブンさせて堂々と出ていくんだぜ。俺はそばで見てて、目を丸くしちまった。ひゃあーって、開いた口がふさがらなかったよ！　それですぐに、教えてくれないかって頼んだんだ。この技術さえあれば、南朝鮮を出て地球のどこに行っても少なくとも飢え死にはしないと思ってな。とにかく、家まで乗っていこう。おまえのヘルメットも準備しておいたよ」

「運転は確かだろうな?」

「そんなこと言うなよ。ちょっと前、これに乗って海まで行ってきたんだ。信じられないならしょうがねえなあ、バス停を教えてやるよ」

彼が笑うと、黒く焼けた顔に歯がきわだって白い。

「まあ、だまされたと思って乗ってみるよ。バスもろくに来ないっていうんだから……」

駅舎から、到着した人たちが続いて群れをなして出てきた。そっちの方をじっと見ながらヨンナムが訊いた。

「カンジュはどうしてる、元気か」

「まあまあだ。友だちもできてな。明日一緒に来る子だけど」

「ほう、やっと友だち一人できたんだな」

「その一人がどれだけありがたいか。そのおかげか、学校に行きたくないって言わなくなったからなあ」

「からから子はもういないのか」

「そういう話はないいな」

「ひどいガキどもだったな。それでもまあ大きくなって、知恵はついたんだろう」

一昨年、クラスでカンジュを露骨にからかう子たちがおり、ヨンナムはカンジュの話をするたびにそのことを思い出すらしかった。

駅を出てくる人たちは熱い陽射しを避けてせかせかと歩いていた。ヨンナムがまた彼らを目で追いながら言った。

「最近、よそからけっこう人が来るんだよ」

「デモ隊か？」

「うん、また増えててな。ひところはちょっと静かだったんだが……」

「デモ、今もやってるんだな」

「そうなんだ。よくわからないけど、あの中にも一人か二人はデモ関係の人がいるんだろう。けっこう出入りがあるらしいから。まあ簡単には終わらんだろうなあ、政府の方はもう関心がないみたいだが。出土地に寄ってみるか？　どうせ通る道だから。最近はここへやってきて、遺骨は見られるかって訊く人までいるっていうからな。土地の名物ってわけさ」

「え、ほんとに遺骨を見られるのか？」

「わけないだろう！　ばか言うなよ。あんなにさんざんもめたのに見物だなんて。博物館に入れるには何年もかかるだろうし。それに……」

彼は改札口を出入りする人たちを見ながら声をひそめた。

「一つ覚えておいてくれ。ここの人たちは、よそから来る人を目の上のたんこぶみたいに思ってるんだ。前にも言ったけど、ここじゃ冬季オリンピックは救い主だ。デモ隊の中には、遺骨の出土地に選手村のマンションを建てるのは歴史への冒瀆だから工事を中断しろって言う人もいるんで、土地の人たちが激怒してるんだよ。みんなの関心はもう、犯人探しから離れているんだ。ただもう、この工事が無事に進むことだけを願っている」

「そんな場所でずっとデモをやってるのも、何だか変だね。でも、どうせ行く途中なら寄ってみたいな。来るなり遺骨に挨拶ってのも変な気はするけど」

「いや、このごろじゃ、ここに来たら真っ先に遺骨に挨拶するのが礼儀なんだよ。でも、おまえもニュースを見てすごいと思ってるかしれんけど、遺骨はあくまで遺骨だろ、単なる骨だよ。遺骨を見たがる人も、何か錯覚してるんじゃないかね。ちょっとばかばかしいような気がしないか？　どっちにしろもう工事は再開してるんだよ、出土地以外ではな。出土地はすごく狭いんだ。今も警官が何人かで見張ってる。そんなちっぽけな土地がオリンピックを——経済復興の救世主を、世界の祭典を邪魔してるんだ。死者が生きている者の命運を握ってるわけだな。まあ、ここでこんなこと言ってないで、直接見に行くか」

彼はバイクにまたがった。

「まだ遅くないぜ。俺の運転が信じられないなら、バス停まで乗せてってやるよ」

そして一人でけらけら笑い、私が横目でにらみながら黙ってヘルメットをかぶり、後部座席に座ると、駅前広場を大きく一回りして大通りの方へ出ていった。

列車よりもバイクの方が、知らないところへ旅行に来たという実感が湧く。市街地を抜け、道の右側が緑地になった地方道に入ると、運転の腕を疑った私をからかうようにヨンナムはスピードを上げた。

「おい、何だよ！　遺骨に会う前に俺を遺骨にするつもりか！」

私が叫ぶとヨンナムは何か言って大笑いした。何を言ったのかわからなかったが、風に混じる愉快そうな笑い声はずっと以前の彼を思い出させ、一年ぶりの再会だということをあらためて実感させた。

重たげに前進しながら大きな騒音を立てているダンプがバイクの前をさえぎった。そのままダンプの後ろを追って右折し、坂道に入ると、もう機動隊のバスが停まっていた。機動隊員たちはバスの影の中に座って暑さをしのいでいる。ヨンナムはダンプのあとについてゆっくりと坂を上った。道の右側には、「再調査を要求する」という垂れ幕をかかげたテントが五つほど並び、その中では人々が車座になって話をしたり、プラカードなどデモの道具を準備しているようだった。テントの前で、通りかかった人にビラを配っている人もいる。テントはどれも人でいっぱいで、ゆうに百人はいそうだった。ダンプは丘の頂上に上っていき、ヨンナムは中腹にバイクを停めてヘルメットを脱ぎ、下の方を見やった。

太陽は頂上にある工事現場のタワークレーン越しに照りつけていた。工事現場の方へ向かうアスファルトの坂道には街路樹一本ないうえ、テントの裏も空き地なので、デモ隊の人々は皆、暑さにまいっているように見える。下からはまた、荷台に資材をぎっしり積んだ巨大なダンプが上ってきており、上から見るそのようすはテレビで見たのと似ていた。

「あの上が工事現場だ」

ヨンナムは頂上の高いフェンスを指さした。そのむこうの、はるかに仰ぎ見るような高いところにタワークレーンが設置されている。

「大工事だな」

私が言うとヨンナムは、そばで聞いている人などいないのに声をひそめた。

「住民がオリンピックを救い主だと思ってるのは、決して誇張じゃないんだ。選手村だけじゃない。競技場とその付属施設まで合わせたら、昔なら国が一個作れるぐらいの仕事だろう。詳しくは知らないが、とんでもない金額が投入されるってわけだ」

ダンプが丘の頂上に着くと、労務者がフェンスを開けて中へ迎え入れた。フェンスのそばには機動隊員が二人、暑さに耐えながら立っている。

「デモ隊は、デモがないときは何をしてるんだろう」

「ここにずっといるんだよ。持ち場を離れないことが大事らしいね。デモは午前に一度、午後に一度というふうに決まってる。政府に抗議してるだけで、工事現場に対して何かやるわけじゃないから、攻撃的なことはないよ。デモのないときは討論したり、会報みたいなのを作ったりしてるんだろ。長い人はもう一か月以上ああやってるらしい」

「テントで寝泊まりしてるのか？」

「そうだろう。寒くないから我慢できるさ。飯もここで作ってるらしいよ、食堂で食べることもあるだろうけど。カンパとか、支援物資も送られてくるって聞いたよ。さあ、こっちへ来てみろ」

ダンプがまた下から騒音を上げて上ってくると、ヨンナムは私の腕をつかんで道の一方へ引っ張っていった。

「城門は許された者だけに開かれるってわけだ……」

ヨンナムはトラックが通り過ぎるのを待ってから工事現場の方を指した。ダンプが入り口に着くと、また巨大なフェンスが開いて中へ通す。

「あれが見えるか？」

ヨンナムはフェンスが開いたときに見える内部を指さした。赤いテープで指定された区域に機動隊員が二人立っていたが、二人とも暑さにふらふらしている。

「あそこが遺骨の出たところなんだけどな。ハハハ！　おかしくないかい？　あんな手のひらぐらいの土地のせいで、南朝鮮全体が大騒ぎのしどおしだなんて」

「じゃあ、あそこだけを除いて工事をやってるんだな？」

「そうだよ。この巨大な工事現場で、あの狭い土地だけには南朝鮮の誰も手をつけられない」

「何のために警戒してるんだろう。盗まれるものもないだろうに」

「わからんな。だけど、誰かが盗掘して、米軍がやったっていう証拠でも掘りだすかもしれないだろ」

フェンスが閉まると、そこは視野から消えた。

「人の話では、このあたりは前、ただの山の斜面だったっていうが、戦争当時はほんとに山里だったんだろうな。家だって何軒もなかっただろう」

ヨンナムは工事現場の向こうをとりまく山を指さした。

「だったら、人民軍が後退していくときに住民を殺す理由があるだろうか」

「そうだよな……」

ヨンナムが山を見ながらあごを撫でさする。

「人民軍が後退していくときに村に入って食料を探して、反抗されて、暴れ回ったとか、そんなことじゃないか」

「米軍なら、反逆者への処罰ってことだな？」

「だろうな」

「まあどっちにしろ、特別な場所だよ。上じゃあんなに大きな工事をやってて、下じゃ六十年も前のことで争っているんだから」

ヨンナムはデモ隊の方を見おろした。

「前にも言ったけど、ひょっとするとあの連中は真実云々より、政府を攻撃する理由を探してるのかもしれない。あの人たちは今の政府には歴史的な正統性がないと思ってるらしいから。この事件は、正統性を測るにはいいものさしなんだろう。簡単にはあとへ引かないだろうな」

彼は腕組みをしたまま、声をひそめた。

「つまり、本当に犠牲者を追悼しようとする人はここにはいないんだよ。政府も地域住民も、オリンピックに問題が起きないことを願ってるだけだし、デモ隊は犠牲者追悼より、政府への攻撃が大事なんだ。結局、六十年ぶりに光が当たったところで、犠牲者の霊は少しも休まらないさ」

その言葉は演劇のことをほのめかしているようだったので、私は尋ねた。

「それで演劇をやるのか？」

「そうだなあ。それは家に行ってからゆっくり話そう。ほら見てみろ、そろそろデモが始まりそうだ」

ヨンナムはあごをしゃくってデモ隊の方を示した。

テントにいた人が一人、二人と出てきてプラカードや垂れ幕を持って隊列を組んでいた。先頭にはメガホンを持った指導者が立ち、その後に七、八人ずつ十列ぐらい並んでいる。そのかたわらをまたダンプ二台が埃と騒音とともに上ってきて、埃をかぶった人々がいやそうにダンプをにらんでいた。丘の下で待機していた機動隊が列をなして駆け上がってくるとデモ隊を通り越し、上の方で隊列を整えている。ヨンナムの言ったとおり、デモ隊の敵が工事やオリンピックではなく政府だからか、それとももう日常になってしまったせいか、デモ隊と機動隊の間には、衝突を予感させるような緊張感はなかった。

「あれが、六十年前の遺骨の真相をめぐる闘いというやつだよ」

ヨンナムはそちらを見て笑い出した。メガホンを持って先頭に立った指導者がスローガンを叫ぶと、デモ隊が唱和しながらゆっくりと丘を上っていく。機動隊はそれに合わせて隊列を整え、盾を置いて道をふさぐ。デモ隊の指導者も断固たる、とはいえどこかゆるい感じの声で命令を下していた。そちらを見て私は言った。

「ニュースで、オリンピックの経済効果と、遺骨のために工事が遅れた場合の損失額を具体的に言ってたよ。聞いてて、いい気分じゃなかったな。つまり、戦争当時の真相なんかより目の前の現実を見ろってことだろう。それじゃ、犠牲者の名誉の値段は工事が遅れて損をする金額と同じだってことじゃないか。死人の値段を計算してるのかと思って、腹が立ったよ。そんなのもみんな、俺の被害者意識のせいかもしれないけど」

デモを眺めていたヨンナムが振り向いた。

「いや、おまえの言うとおりだ。みんな、あの浮かばれない犠牲者たちのことなんか大したことだと思ってないんだ。かえって俺たちみたいな人間の方が正確に見てるかもしれない。まあ、そんなことはおいといて、もう家に行こう。デモはああやって、また元の位置に戻るだけだから。活劇みたいなことは起きないんだよ。おまえの話を聞いてたら急にマッコリが飲みたくなった。久し振りに会ったのにこんな見物ばっかりじゃ、つまらんだろ」

彼は浮き浮きしたように手をごしごしこすり合わせていたが、私の耳元にささやいた。

「自給自足だからな、一大決心して鶏も絞めたんだぞ」

私もどうしても衝突を見たかったわけではなく、もうそこを離れるつもりだったのだが、そのとき、機動隊の近くまで上ってきたデモ隊の後ろに、仮装行列のような身なりの人たちがいるのが目に入ってきた。プラカードや垂れ幕を持ってスローガンを叫ぶ前列の人々とは違い、戦争当時を再現しているに違いない扮装をした何人かが、顔に仮面をつけ、身振りだけで意志を表しながら歩いている。顔じゅうに太く黒いしわを描きこんだ仮面をかぶった女——しかし体つきから見て若い女だ——は、悲嘆に暮れているように天を仰いで体をぶるぶる震わせ、黒い顔に孤独をにじませた仮面の男はうつむいて肩を落とし、力なく歩いている。その二人は、私の夢に出てきた幻影に似ていた。その後ろに、脅えて泣きそうな子どもの面と、その子と手をつないで茫然自失の表情の女の仮面が続く。先頭の老婆の面が空を見上げて恨むように身を震わせると、後に続く者たちもそれに合わせ、てんでに嘆いてみせるのだった。

「ほう、作戦を変更したな。何日か前はスマイル作戦だったが」

ヨンナムが目を細めてそちらを見ながら言った。

「スマイル？」

「うん、歌を歌って手をたたきながら歩いていった」

「文化煽動ってやつか？」

私たちはバイクに乗らず、そのまましばらく行列を見ていた。

「実はあんなのもみんな、住民たちを刺激してるんだ。人を不愉快にさせるよ。最初から政府は嘘つきだと決めつけているからな。政府は悪者で死者は無念だという図式にこだわってる。あれも一種の信仰だな」

ヨンナムはそっちの方を見ながら冷笑するように言った。

「ひょっとすると、再調査では満足しないかもしれない。二回めも同じ結論が出ることもありうるからなあ。米軍が殺したってことになるまで続けるのかもしれないよ。さ、もう見るものはない、行こう」

ヨンナムはバイクに乗ってエンジンをかけた。私が後ろに乗ると、バイクはデモ隊と機動隊のそばを過ぎて坂道をゆっくりと下りていった。

ヨンナムが住んでいるところは、地方道から枝のように分かれた上り坂に沿って低めの山の中腹まで続く山里の村だった。ヨンナムは村の入り口で降り、バイクを押して上っていった。家々がところどころに三、四軒ずつ集まっている。畑に出ていた老人たちがヨンナムの挨拶を受けて、腰を伸ばしてこちらを見た。

「一人暮らしは寂しくないか?」

目の前を蝶がひらひらと舞う。

「南朝鮮の田舎はみんなこんな感じだよな。若い人間がほとんどいない。この村でも、若いのは帰農してきた若夫婦と俺しかいない。あの老人たちの娘や息子たちもみんな都会に出てるよ。退屈っちゃ退屈だし、静かでいいといえばそうだし」

村の下の地方道を車が通るたび、その音が村まで上ってくる。

「いったいどうやってここを探したんだ」

「あちこち歩き回って探してたら、知り合いが、こっちの方が家賃も安いし遊んでる土地もあるって言うから来てみたんだ。自給自足には土地が要るだろ？　手のひらぐらいでもいいから土地を耕してみたかったんで、このへんの村はほとんど回ってみたのさ。話したと思うけど、ここはただで借りてるんだよ。どうせ空き家だから、俺が住みたいと言ったらむしろ大家がありがたがってな」

ヨンナムは村の中腹に立ち止まり、地方道の方を見下ろした。

「冬はあの道がスキー客の車でぎっしりだったよ。あそこのペンションだかモーテルだかいう宿泊施設はみんな、そういう人たち相手の商売だ」

ヨンナムは、通りの向こうの村の正面を向いている、中世ヨーロッパの古城を手本にしたようなモーテルを指さした。

「見たところは田舎だけど、ここだって都会の商業地域と同じだよ。残って農業をやってるのは老人たちだけさ。それこそ景気に左右されない人たちだよな、自分の食べるものは自分で作れるんだから。夜になるとあのモーテルの明かりがけっこうきれいだけど、こっちは完全な暗闇だ。老人たちが見てるテレビの明かりが、ちょこっとホタルの火みたいに光るだけだ。あっちにはインターネットとか何とか、どの部屋にも最先端の設備がついてるが、こっちはテレビだけで文明とつながってるんだ」

私たちはまた村の道を上っていった。

「相対的には遅れてるかもしれないけど、観光客に頼ってるから、景気に敏感なことじゃ大都市と同じだよ。だからオリンピックがサンタのおじさんになるんだ」

「オリンピックと関係ないのはこういう村の年寄りだけだな」

「そうだよ！　目の前で冬季オリンピックが開かれてたって、朝、畑で働いて、夜はテレビで競技を見るだけだ。実際思うよ――あの老人たちはオリンピックをここでやろうと、ロンドンでやろうとパリでやろうと変わらないんだって。安定しているんだよ、景気が悪くても食べるものはどうにか自分で作れるもの。オリンピックをやろうが中断しようが関係ない」

ヨンナムは脱力したような笑いを浮かべた。

「あの人たち、おまえに対してはどうだい？　北から来たことは話したかい」

「もちろんだ。初めのうちはちょっと気味悪そうに見てたが、まあそんなもんだろ。家族でもいれば違うだろうけど、独り者の男の脱北者がある日突然やってきて空き家に住みはじめるっていうのは、いやな感じだったんだろう。それはわかるよ。だから最初に、豚肉やら何やら買って、年寄りの家に挨拶に行ったんだ。今はまあまあうまくやってるよ。親しくなったっていうより、お互い無関心になったってところかな」

ヨンナムの家は村のいちばん上、森のすぐ下だった。家は、一見して廃屋だったのではないかと思うほど暗く、古ぼけている。旧式な改良式瓦屋根の下に、古いうえ、手入れがされていないためにわびしく見える部屋と台所が並んでおり、暗いせいか、世間に背を向けているような印象を与える。ところどころ、ヨンナムが手を加えた箇所だけが明るい色をしているのが目につく。ヨンナムは庭に立って両手を腰にあて、家を正面から見ていた。

「粗末に見えるかもしれんが、見た目よりは頑丈なんだ。俺も最初見たときは、ちょっと触ったら倒れるんじゃないかと思ったよ。でも修理しながら点検してみたら、まだしゃんとしてる。台風が来てもびくともしないだろう」

そして試してみせるように近寄り、縁側の柱を何度か蹴った。

「男やもめが一人で住むにはこのくらいでいい。他に何が要る？　これでも三部屋あるし、カンジュとその子が来ても別々に寝かせてやれるよ」

家は暗いが、家の前に出ると、裏をとりまいている清々しい森が目に入ってきた。

「バイクも家も自分で修理するんだな」

「他に方法があるかい？　屋根の下敷きになって死ぬわけにいかないからな。まあ、それぐらいの手入れはしたよ」

ヨンナムは私を前庭の野菜畑に連れていった。山のふもとにもかかわらず日光がよく射すので、庭のすみの七、八坪ぐらいの畑には、冬葵《ふゆあおい》やとうがらし、きゅうり、白菜、じゃがいも、サンチュなどが育っていた。青々とした葉が、確実に家に生気を吹き込んでいる。

「いわば、これが俺の食料倉庫だ。調味料さえありゃ、一日三度違うおかずで飯が食えるよ」

ヨンナムはとうがらしを一個とって私に差し出した。私はそれを食べてみた。

「どうだ?」

「うまいなあ。辛くない、甘みがある」

「ほんとのところ、俺、これがなかったらうつ病になってたかもわからん。山の中で一人で暮らすのは生易しくないよ。夜がつらいんだよな。大したもんじゃないけど、こいつらがいるのはすごく慰めになるんだ。今は減らしたけど、最初は前庭のほとんどを畑にするつもりだったんだよ。それで一日じゅう、山からいい土を掘ってきてまいたりしてたんだ。でもあるときから何だか、それが空しくなってな。家族がいるわけじゃなし、一人暮らしでこのざまなのにさ。妙に、やる気だけが先走ってたんだよなあ。それでこれぐらいに減らしたんだ。もっと前におまえが来てたら、ゾッとしたかもしれない」

「この程度なら手間もかからないだろう。ときどき来て草を抜いて、葉っぱを間引いてやるぐらいでよさそうだ」

「そうなんだ。実際、自給自足って、何を作るかより、使わないことの方が大事なんでね。さあ、こっちへ来てみろ、俺の家族がみんないるから」

彼は私を裏庭に連れていった。実際、そこは庭というより空き地に近かった。庭から上の方をみると、低い山の中腹までの傾斜はさほどなく、前庭まで陽射しが当たるのもそのせいだった。

庭の隅にはヨンナムが相当腕を振るったらしい鶏舎があり、ぱっと見たところ六羽ぐらい入っている。

「これも俺の家族だ。こいつらを育てるのも簡単じゃなかったよ。初めのうちは、一晩寝て起きるたびに一羽ずつ死んでたんだぜ。ほんとに腹が立ってな！　ある日なんか、犯人を捕まえようと思ってここの縁側で寝たこともあるんだ。あとでわかったんだが、イタチのしわざだったよ。それで鉄条網を買ってきて、何重にもしたんだ」

彼は鶏舎を開けて卵を二つ取り出し、一個を差し出した。私たちはそれを一つずつ割って、飲んだ。

「うまいだろ？」

「うん、ほんとにうまい」

「実はこれが俺の唯一のたんぱく源なんだ」

ヨンナムは頭をそらして卵を全部飲むと、森にむかって殻を投げた。

「でも、山に近すぎるんじゃないか？　家と山が近いと病気になりやすいって言うだろ」

私は草むらを見ながら言った。

「おまえもそんなこと知ってるのか。誰に聞いた？」

「小さいとき父親が言ってた」

「そうか。俺も子どものときそう聞いたよ。初めてここに来たときもその話を思い出したんだ。

それ、どういう意味か知ってるか？　山には死んだ人の魂が棲んでるってことなんだよ。森の近くに住むと原因不明の病気にかかるのはみんな、森にいる霊魂のせいなんだって母親に聞いた。その魂が人間に嫉妬するんだってな」

「おまえは嫉妬されなかったのかい？」

「だからな、俺も、引越しするとすぐにここにお膳をこしらえて、マッコリと餅を供えて拝んだんだよ。どうぞご加護のほどをってなあ。そしたらちゃんと守ってくださってるらしくて、まだ何も悪いことは起きてない」

ヨンナムはまた森をすみずみまで見上げた。

「俺は、このあたりの山には戦争で犠牲になった人の魂がいて、今の事態を見守ってると思ってるんだ。そんな霊魂が安らかに天に上っていけるはずがないだろう？」

私たちはゆっくりと前庭に戻った。

「そろそろ何か食べたいだろ」

ヨンナムはすぐに畑から野菜を抜いて来て、台所で洗った。庭に当たる陽射しはまだ熱かった。私は陰になった縁側に座って待っていた。ヨンナムが古いストーブに火を起こし、釜に水を満たすとその上にかける。

「子どもらの分はほかにとってあるからな」

ヨンナムが台所から持ってきたのは、鶏肉だった。

「友だちとか家族とか言ってたのに、絞めたのか」

「こういうときに食べるために飼うんだよ。まさかほんとに友だち扱いしてると思ったかい？それに、おまえ一人ならまだしも、カンジュと友だちまで連れてくるってのに、これぐらいの接待はしなきゃな」

「鶏だけが気の毒なことになったな」

湯が沸くまで縁側に座ってマッコリでのどを潤した。相変わらず午後の陽射しが熱い。

一人の女性が庭に入ってきてヨンナムを呼んだ。彼女は客人がいるとは思わなかったというように、用心深く私のそばをすり抜け、ストーブの火を見ているヨンナムに近づいた。

「こんにちわ」

ヨンナムは立ち上がって彼女を迎えた。

「お客さまがいらっしゃってるとは知らなくて……」

「大丈夫ですよ。どうしたんです」

「ひょっとして……変な人たちが来ませんでした？」

「変な人たち？」

「はい。来ませんでしたか？」

「今日は駅の方に行っていて、ちょっと前に戻ったんですよ」

「あ、そうでしたか……」

女性は何か言おうとしたが、私がいるせいかしばらくためらった。

「何か、あったんですか？」

ヨンナムが尋ねた。女性は私を意識しながらも、言いかけたことを引っ込めなかった。

「今日の朝刊にある大学教授が書いてるんですよ、米軍側のしわざである可能性の方が高いって。当時、従軍していた米軍の将校が、この地域で民間人の虐殺があったことを、もうずっと前に回顧録に書いてるんですって」

彼女は私をちらっと見て、話を続けた。

「それが絶対に今回の遺骨のことだとはいえないけど、可能性はいくらでもあるってことですよね。このあたりでそういうことがけっこう起きたんでしょうから。記事が出てからみんなもう、大騒ぎですよ。静かだと思ってたら、またやっかいなことが始まったかって、とても険悪なんです。よそから来た連中はみんな追い出すべきだとか言う人もいて」

「それで、変な人たちってのは誰なんです」

女性はヨンナムに一歩近づいて、また声をひそめた。

「一時間ぐらい前に、何とか協会っていうところの人たちが来たんですよ。若い人でしたけど、村を回って、お年寄りたちに、明日決起大会をやるから参加してくれって言ってるんです。私だけは除外してね」

「決起大会？」

「ええ、人を集めて、出ていけ！　とか言って騒ぐんでしょ。よそから来た者は出ていけってことですよね。駅前広場でやるんですって。何だか、このへんの利権団体だっていうんだけど……」

「で、どうしてヨンジンさんだけ除外するんです？」

彼女はまた声をひそめた。

「若い者には声をかけなかったんでしょう。だからその決起大会っていうのも、見えすいてますよ。さっきの人たちの話をこっそり聞いてたら、オリンピックを守らなくちゃならないとか、よそから来た連中はみんな不純分子だとか言ってるんです。要するに反共デモですよね。そんなデモに若い人が参加するもんですか、だから高齢者だけに声をかけるんですよ。高齢者は戦争体験者だから、戦争当時のごたごたに触れてほしくないだろうと思ってるんでしょ。高齢者を集めた、官製デモですよ」

「それで、お年寄りたちはそれに参加するんですか」

「ただで行くと思います？　いくらかお金が出るんだと思いますよ。このご時世で、ただってことはないでしょう。小遣いにでもなるから行くかってとこじゃないですか。とにかく、明日見ていてごらんなさい。あの人たち、また来るでしょうから」

女性は腕組みをして、上を向いてフンと鼻を鳴らした。

「じゃあ、その人たちがお年寄りを連れていくんですか」

「そうするって言ってましたよ。でもね、その協会の人たちっていうのが……」

声がまた低くなる。

「一人二人じゃなくて、六、七人はいたんです。私が見た感じじゃ、単に誘っただけじゃありませんね、もう何か動員の作戦ができてるんだと思いますよ、朝に出た記事のせいでね。あの人たち、みんな利権に関係しているらしいから。またうるさくなりそうだから、自分たちが出ていって何とかしなくちゃならないって、そういうことでしょ」

「利権っていったい何なんです」

「知らないけど、何かあるんでしょう。何もないのによその村の高齢者を連れ出して決起大会なんかやろうとは思わないでしょ。とにかく、変なとばっちりを食らわないように注意してくださいね」

「私みたいな人間には何も起きないでしょう」

「でも、このごろ雰囲気が悪いじゃないですか。よそ者はみんな不純だとか、北韓から送り込まれた奴もいるとか、軽々しくそんなことを言う人がいるし」

女性は不愉快そうに眉間にしわを寄せた。

「いずれにしろ、わかりました。教えてくださってありがとう」

ヨンナムが挨拶すると、彼女は私にも会釈して、長いため息をつきながら出ていった。

その間に釜の湯は沸いており、ヨンナムは鶏肉をそこに入れた。

「帰農してきた夫婦の奥さんの方なんだがな。この地域で再調査に賛成してる、数少ない一人なんだ。そういや、さっきのデモ隊の仮装行列も、理由があったのかもしれないな。何日か前よりずっと活気があると思ったが、その新聞記事のせいかもしれない」

「この村も面倒なことになるんじゃないのか？」

「心配するな。高齢者を連れていきたいんならやってろってんだ。俺たちとは関係ない」

鶏肉が煮えてスープの上にぷかぷか浮いてくると、ヨンナムが家の中から野菜と食器を持ってきた。

山裾だけあって太陽がすぐに沈む。森の影がゆっくりと村を覆い、大通りにまで広がると、ただでさえ人影の少ない村は瞬時にして静まりかえり、私たちは鶏肉の煮物を中に置き、床几に腰かけて盃を傾けた。

日が沈むと庭もすぐに暗くなった。軒に吊るした白熱灯がなかったら、村の下の方からここは見えないだろうと思われた。私たちはさしつさされつで飲みながら、東南アジア人の町に住んでいたころのことをぼそぼそと語り合った。久しぶりに話し相手がいるからだろう、ヨンナムは酔いが回ったようにあのころの話をくり返した。私は懺悔劇のことを聞きたかったので、彼の顔が紅潮してきたのを見て切り出した。

白熱灯の明かりを背にしたヨンナムは、暗い庭の方をじっと見ていたが、演劇ではなく遺骨のことを話しはじめた。

「おまえ、もしかして小さいとき、森で法事をやるの見たこと、ないか？」

「森で？　そうだな、ないと思うが」

「いや、いや、おまえの村でも間違いなくやってたはずだよ。昔はどこでもそうだったからな。無念な死に方をした人とか、家族がいなくて一人で死んだ人は、村じゅう総出で、山に上って葬式や法事をしたもんだ」

彼はしばらくうなだれていた。

「遺骨が出てきたとき、俺、あの法事のことを思い出したんだ。おまえ、どうして山で法事をやったかわかるかい？　山は生きてる者だけじゃなくて死んだ者もみんな抱きとめてくれるからだよ。だから恨みを残して死んだ魂は山に委ねるんだろう。豚の皮をかぶったムーダンがやろうとしたのも似たようなことじゃないかな。ほんとのところあれは、慰霊のためだけではなかったんだと思う。おまえの村では違うかもしれないけど、自分の罪も洗い流すためだったんだよ。非業の死なんていうものが、その人一人の問題であるわけがないじゃないか。人の世で起きたことだもの。だからみんなそうやって、自分自身が許されることも願ってたんだよ。うちの母親が、そういう法事を終えたあとは妙に心がきれいになるって言ってたっけ。それも同じかもしれない。自分も浄化されるっていうか」

「おまえにとっては、演劇がその法事みたいなもんなんだな」

「うん、そうなんだ」

ヨンナムはマッコリの器を引き寄せると、手の甲で口許を拭った。

「ちょっと違う話だけど……おまえ、もしかしてシジフォスって聞いたことあるか？　ギリシャ神話に出てくるんだが」

「知らない」

「トンベクが持ってた本で読んだんだ。遺品を整理したときに持ってきたんだがな。そこにシジフォスっていう、とてもずるい人間が出てくるんだよ。結局それで罰を受けることになるんだ。神が下した罰が、一生、山のてっぺんまで岩を押し上げることなんだよ。頂上まで押し上げると、岩がまた落ちていく。そしたらまた最初から押し上げるんだ。そうやって一生を暮らすんだと」

ヨンナムはタバコに火をつけ、煙を長く吐き出した。

「これまでにバイク修理を習ったり、新生活をしようとして頑張ってきたけど、夜になると寂しくてな。夜、横になって考えてみると、俺はそのシジフォスにそっくりだよ。もしかしたらトンベクも、同じことを考えたのかもしれない。俺はそれを読んで初めて、自分は罰を受けているってわかったんだ。どんなに努力しても一瞬で元の位置に戻ってしまう罰をな。本当だよ、どんなに頑張っても一瞬でまた最初のところへ転がり落ちてしまうんだ」

彼は口をつぐんでうつむいた。

「一人暮らしが寂しいんじゃなくて、罪を犯したからつらいんだ。だからその演出家が来て、懺悔という言葉を使ったとき、どう感じたと思う？　一発殴られたみたいな気がしたよ。ほんとだぜ、俺が心底求めていたのはこれだったのかって、そのとき切実に思ったんだ。俺には、演劇の話はありがたかったんだ。その後ふしぎと、生きていく元気が出てきたもんな。俺にとっちゃ、それは小さいときに村でやってた法事みたいなもんなんだ。戦争犠牲者を慰めて、その中で自分の罪も洗い流すんだよ。それが生きている者の道理じゃないか？　ここに住んでいる俺みたいな人間が、ああいう犠牲者を見ないふりをするわけにいかんだろう」

そして私を見て、尋ねた。

「どうだ、一緒にやらないか？」

「いや、いやいや、俺はそんなこと考えてみたこともない」

すると彼は真顔になった。

「なあ、おまえこそきっかけが必要なんじゃないのか。おまえはこれからカンジュを育てていかなくちゃならないじゃないか。そんな人間が一年以上もまともに眠れずにいて、どうなると思う？」

私は答えなかった。

「この演劇は芸術じゃない。意味が重要なんだ。みんな初めて演劇をやる人ばかりだよ」

彼はマッコリを飲み下して、私の答えを待った。

私は懺悔をする気はなかったし、初めて演劇のことを聞いたときから参加することなど考えもしなかった。私は罪を洗い流したくなかったし、浄化されたくもなかった。罪を犯した人間のままでいたかった。罪を洗い流したら、そのあとに何が残るのか？　そんな生に耐えられるだろうか？

「いや、考えてくれてありがたいが、遠慮するよ」

彼は私の答えにがっかりしたようだった。

「いったい、何を考えてるんだ？　そんなふうに暮らしてていいのかい。正直、トンベクみたいなことを思いつかずにすませられるかい。率直に言ってみろ。おまえ、あんなことはしないって自信を持って言いきれるか？」

「わかったよ。おまえの言うことは正しい」

私は彼の視線を避けてまた言った。

「でも、俺は死なないよ」

「それならいいんだ。だったら、せっぱつまってるのはむしろ俺の方だな」

「俺はこのまま生きていくつもりなんだ。おまえみたいに計画があるわけじゃない。自分が無力だってことはわかってる。それでも懺悔したくはないんだ」

「罪を償いたくないってことか？」

「俺は、新しい人生は欲しくないんだ」

「そうか。それなら、今の人生に耐えられるってことだな。つまり、おまえの苦痛はもう終わったってことなんだろうな」

私はその言葉に驚き、彼の顔を見つめた。いつのまにか彼の顔は興奮で紅潮していた。

「どういう意味だよ、苦痛は終わったって」

すると彼はまじめな顔をして、私に向かって手を差し出した。

「違うよ。久しぶりに飲んだんで酔ったんだ。俺も、何のことかわかりゃしないや。これじゃまるで、苦しさの比べっこみたいだもんな。ちょっと変になってたんだ、忘れてくれよ。それと、演劇は、嫌ならやめておけ。おまえにここへ来いって言ったのは演劇のためじゃないからな。楽しく過ごしてってくれればそれでいいんだ。さあ、酒でも飲もうや、この話はもうおしまいにして」

そしてもう演劇の話には戻らなかった。

夜がふけるにつれて、村はさらに寂寞としていった。彼と私の会話は結局、トンベクが生きていたあのころのことに戻っていく。その夜、ヨンナムはトンベクの思い出に浸り、際限なくぶつぶつと一人語りをし、あるときはがっくりとうなだれてしばらく言葉を失った。久々に緊張が解けたせいか、私も酔いが早いように感じられた。トンベクとの思い出は一瞬、私をはるかな場所へと誘っていくようでもあった。思い出にふけってはっと気をとり直すと、自分の記憶にばかり浸っていたと、それぞれに気づいたりした。

酔いのせいで私たちは、演出家という人が中に入ってきたことにも気づかなかった。彼は庭で、きまり悪そうに私たちを眺めていた。私は彼に席を譲って中に入った。酔った勢いでそのまま寝るつもりだったのだが、知らない土地だという意識がたやすく眠らせてくれない。寝入っては思わず目が覚め、そこが見知らぬ場所、例えば砂漠とか、あの、たまらなく蒸し暑かったタイの旅館の部屋ではないと気づいて再び目を閉じた。庭からはヨンナムと演出家の声が漏れ聞こえてくる。それでその人たちは……いったい何が望みなんでしょう？　ヨンナムは興奮しているようだった。一言で言えばプロパガンダ演劇をやれってことです……金を出すって……大劇場で……米軍の犯罪を？　それは認められません。演出家の声は低く落ち着いていた。その声を聞きながら私は眠ったり起きたりをくり返し、そのうち夢なのか現実なのか区別できなくなった。そして目が覚めると、ヨンナムが隣で寝ていた。

明け方、また何か物音がして眠りから覚めた。夢の中で、何かを掘り出そうとしてずっと地面につるはしを打ち込んでいる男を見ていたせいか、私はしばらくその男の息かと錯覚していた。だが音は、庭から聞こえているのだった。

まだ明けやらぬ薄暗い庭の片隅で、上着を脱いだヨンナムが、故郷にいたころに習った体操に熱中している。音は、彼が小声でかけている号令だったのだ。暗いところに立った彼の後ろ姿には、ある意思と、その意思による行きすぎたこだわりや孤独が漂っていた。私は窓から彼を見守った。彼は何かに打ち勝とうとしているように思えたし、そんな意思は自分にはないものだったが、それでも私は彼の姿にまず悲哀を見てしまうのだった。彼が何かに打ち勝って手に入れようとしているものは、贖罪なのだろう。明け方からしきりに体を鍛えて到達しようとしているものも、贖罪なのだろう。私は彼から目をそらし、床に横になった。彼の号令の声は遠くから――空間的な遠さではなく時間的に遠いところから響いてくるかのようだった。

老人たちの笑い

朝飯のしたくは私がすることにして台所にいると、村の下の方から大きな歌声が響いてきた。外に出てみるとヨンナムがもう門から外に出て、そちらの方を見おろしている。

「一九八八年のソウルオリンピックの閉会式で使った曲だとさ。こっちへ来てからずいぶん聞かされた」

彼が静かに言う。

村の入り口に、屋根に拡声器を載せて大きな太極旗をつけたのを先頭に、二台のワゴン車が並んで停まっており、二十代初めか半ばぐらいに見える青年が五人ほど降りてきた。くすんだ顔色をしてスーツを小ざっぱりと着た彼らが、前の車から降りた中年男性の指示を受けて村の方へ上ってくる。

青年たちは老人たちに対して非常に礼儀正しくふるまっていた。老人たちは彼らが来るとすぐに中へ入り、出かけるしたくをする。その間、青年たちは畑のあちこちに立って服装を整えたり、ポケットから携帯電話を出して見たりしていた。

その間も耳が痛いほどの大ボリュームでオリンピック讃歌がくり返される。外に出てきた老人たちが一人、二人と青年たちの案内でワゴン車の方へ下りていく。どことなくぎこちない姿だったが、青年たちに丁重に世話をやかれるのが嬉しいようで、老人たちの口許には穏やかで満足そうな笑みが浮かんでいた。

「協会ってところから来た人たちか？」

私がヨンナムに聞いた。

「だろうな」

「ちょっと笑えるな、あの歌もあの太極旗も。あのスーツ……何なんだ、ありゃ」

「お年寄りに、こっちの利益のために働いてくれとは言えないだろうからな。オリンピックは地域経済のためになるとか言ってあおってるんだろう。大げさな芝居だな。後ろ暗いところのある連中はうるさいもんだよ」

村の入り口で待っていた中年男が老人たちを迎え、ワゴン車に乗せた。村がいっぺんにがら空きになったように思える。やがてオリンピック讃歌は大通りを通って中心街の方へ消えていった。

待ってましたとばかり、帰農した女性が下から、村を眺めながら上ってきた。

「見たでしょう？　村ががら空きよ。金で人を買って行列させて、それが決起大会なのかしら。

よくやるわ、まったく。それにあのお年寄りたちもほんとに情けないわ。あんな歳で、こづかい欲しさに出かけていって、よく知りもしない人たちのことを不純分子だとか、背後に何かあるとか、悪口のスローガンを叫ぶなんて……」

女性はため息をつき、もう立ち聞きされる心配もないと思ったのか声を大きくした。

「下の方の大通りに垂れ幕がかかっているの、見たでしょう？　すごく派手なの、出しているんですよ」

「何の垂れ幕です？」

ヨンナムが尋ねた。

「何ですか、アカだとか、北韓がどうしたとか……真っ赤な嘘、書き散らしているんですよ」

彼女は、見るに堪えないというように顔をしかめた。

「それも協会の人たちが出したんですか」

「そうでしょう。他に誰もあんなことしませんよ。お年寄りを連れ出したり、あんな垂れ幕をかけて歩いたり。自分たちのビジネスがかかってるっていうんで、力もあるし金もあるところを見せたくて、腕まくりして出てきたってところでしょうね。あのスーツの人たちも前もってお金で集めたんじゃないですか。でなかったら、あんな人たちがどこから出しゃばってくるかしら。青二才や老人がいちばん引っかかりやすいでしょうからね。ほんとに、何がしたいんだか……」

情けないと言いたげに彼女が村を見おろす。

ヨンナムは何も言わなかった。女性は興奮してまた何か言いかけたが、何の感情も表していないヨンナムの顔を見ると自分から口をつぐんだ。そしてまっすぐ下りていきながら、叫んだ。

「垂れ幕を見たら、相当いやな気分がなさると思いますよ！」

彼女の尻が、その場の気まずさにも似てぎくしゃくと動いた。

ヨンナムはすぐに中に入り、裏庭で鶏舎を掃除しはじめた。私は台所で飯を炊き、そのあいだ彼は鶏糞で堆肥を作るため、前庭と裏庭を行き来した。

前日に演出家と協会について話していたことでもあるし、口をつぐんでいるようすを見ると、何か言えないことがあるらしい。食事中も彼はまったく話さない。私が皿洗いを終えてコーヒーをいれて縁側に行くと、畑にいたヨンナムがようやく近づいてきて、用心深く言った。

「あえておまえにまで言う必要はないから黙っているつもりだったんだが、明日、あいつらが来るかもしれないんでな……」

縁側に座るや、彼が言った。

「協会ってとこの連中がか？」

「うん」

彼がごくりとコーヒーを飲む。

「何かあったのか？」

彼はカップを置くと声をひそめた。

「昨日、あの協会とかいうところの人間が、演出家に電話してきたらしいんだよ」

「何の件で」

「それが、おかしな話でな。演劇に金を出すと言ったらしい」

「どういうことだ」

「金だけじゃない。大きな劇場も借りてやると言ったんだと」

ヨンナムはまた声をひそめた。

「この演劇は、人民軍が虐殺をやった設定になってるだろ。あいつらも、人民軍が犯人だっていう結論が出れば工事が滞りなく進んで歓迎だから、この演劇を積極的に後援してやるっていうんだよ」

「利用か」

「そうだ。俺も昨日初めて聞いたんだが、今までの懺悔劇は何度も新聞に出たらしくて、そのことも計算に入れてるらしい」

ヨンナムは軽くため息をついた。

「金を出してやるからいっそ大きくやれってことか」

「新聞に出るくらいにな。演出家は、プロパガンダ演劇って言ってたけど。世論を作るのに使うつもりなんだろう」

「それで、受け入れたのか？」

「まさか。一言で断ったそうだ。この演劇はどっちかに肩入れするようなもんじゃないんだから、断るに決まってるだろ。ばかばかしいおせっかいはやめろと一喝したそうだ。ところがそいつらが、ちょっと荒っぽいところがあってな。それとなく脅しをかけてきたっていうんだ。演劇をやろうと何をしようと構わんが、もしも米軍がやったという内容にしたらただじゃおかないというんだな」

「ほう、脅迫か」

「まあな」

「いったい何をやってる連中なんだ？」

ヨンナムはコーヒーを一口飲み、カップを下へ置くとしばらくじっと眺めた。

「このあたりで事業をしている人たちの団体ではあるらしい。オリンピックの工事の利権に大きくからんでるそうだ。演出家も昨日、この地域のビジネスや不動産の利権に関係がありそうだって言ってた。さっきチェさんも言ってたけど、昨日の新聞記事が火をつけたらしいな。黙ってやられてるばかりじゃないぞって言いたいんだろう」

「だからって、脅迫するだろうか？」

ヨンナムはしばらく考え込んだ。

「それだよ……演出家も慎重に言ってはいたけど、あの言い方から見ると、本当にかなり力のある団体かもしれない。さっき、若いのを動員して老人たちを連れていくのを見ただろ。チェさんはばかにしてたけど、軽く見ちゃいけないと思う。どう見ても腕まくりして乗りこんできたって感じだからな。おまえが心配するようなことじゃないけど、もし明日もこんなことがあるなら、子どもらにも説明しておいた方がいいと思って」

「もし新聞に出てたように米軍がやったというのが事実なら、演劇はどうするんだい。内容を変えるのか？」

ヨンナムは前かがみになって、両手の指を組んだ。

「俺たちこそ、どっちの側とも関係ないんだけどな。演出家も俺も考えは一緒だ。演劇の目的はあくまで犠牲者の慰霊なんだから、どっちに殺されたのかは重要なことではないんだ。でも……ああなると、どうにも面倒だな。住民の反発も出てくるだろうしなあ。演出家が何とかするだろうけど」

そして私を慰めるように言った。

「せっかく来てくれたのに面倒なことになって、すまんな」

ヨンナムは家の前に出て村を眺めた。村はそれこそしんと静まり返っている。

昼飯どきに着くという子どもらを迎えに駅に行った。村ががら空きなので、下りていくときにバイクのエンジン音がやけに響く。村の下から中心街の方へさしかかると、帰農した女性が言ったとおり、昨日はなかった垂れ幕が道に掲げられている。私たちはその前でスピードを落とし、走りながら「北韓」とか「背後」とか「アカ」といった言葉を読みとっては通り過ぎた。そんな言葉は右から左へ聞き流せばすむ。

夏休みでこの都市にやってきた人たちの車が、市街地にむかって列をなしていた。梅雨が明けたところなので雨が降る気配はなく、毎日蒸し暑い。停止した車の後ろに止まっていると、アスファルトの熱気があごまで上ってくる。

市街地はむしろ閑散としていた。バイクにもいつの間にか慣れ、単調なエンジン音を聞きながら午前中に見た老人たちの笑顔を思い浮かべていると、どこかから幻聴のようにオリンピック讃歌が聞こえてきた。それは幻聴ではなかった。車の列のずっとむこうに駅前広場の時計台が突き出ており、声は実際にあの広場から聞こえていたのだった。そのとき私は初めて、決起大会が駅前で行われていることを思い出した。

駅前広場に入ると、朝に見た拡声器のついたワゴン車のかたわらにスーツ姿の若者たちが立っており、彼らの指示で老人たちが花壇前のテントの下にずらりと並んでいた。いくつもの村から呼び集めたらしく、かなりの人数だ。指示どおりに並んだ老人たちは、まるで遊びに来て集合写真を撮ろうとしている人のように、ぎこちない笑いを浮かべていた。青年の一人がカメラマンのように前に立って、適当な位置の老人にプラカードを渡している。プラカードの文句は、言葉をきれいにしただけで村の下の垂れ幕と変わりない。その前を通り過ぎて駐車場にバイクを停めると、後ろから青年たちの力強い反共スローガンが拡声器を通して流れてきた。そして、あの温和な笑いに似た、老人たちの間延びした叫び声が、オリンピック讃歌をバックにして続いた。

これが決起大会であり、よそ者たちへの一次防御網なのだ。老人たちの声はやかましいオリンピック讃歌に埋もれてろくに聞こえない。だが、そもそも整列させることに意味があるだけなので、声の大きさなど気にしているようすはなかった。

拡声器はそこでもオリンピック讃歌一曲だけをくり返している。平和と調和を歌い上げる歌詞のあとを、憎しみに満ちた主張が追いかける。歌声は駅の待合室の中にまで流れこんできた。待合室の人たちも窓際に集まり、興味ありげに老人たちの示威行動を見守っている。私には関係ないことだが、敏感な娘が旅先で最初に見るのが老人たちの反共デモだというのは何となくいやな感じがした。

カンジュは去年だけでも、春と秋の二度、学校に行かないと言って家に閉じこもった。その前の年にも二度、同じようなことがあった。去年の春は強く促して学校へ送り出したが、秋にトンベクが死んだあとは私も同じくらい無気力になってしまった。あのとき娘は、何日か部屋に閉じこもったあと、自分から学校へ行った。

北にいるとき娘は賢いと言われ、村の大人たちにもずいぶんかわいがられて育った。性格が変わったのは母親を亡くしてからだ。思春期に入ってからはひねくれてきつくなり、何かといえばすねたりかんしゃくを起こし、わざと角を立てるようなことをした。私には少しも口出しさせてくれず、いつも私と距離を置こうとする。そんなときは、私を恨むことで母性への飢えを解消しようとしているのでは、という気がした。日ましに自尊心が肥大してきて、南朝鮮の社会に対しても努めて無関心なふりをする。夕食後テレビを見ているときも、女の子の歌手が歌ったり踊ったりするとわざと視線をそらして見まいとし、私が席を立ったすきにチャンネルを変えてしまう。外食に出ても、南朝鮮の同年代の子が好きなピザなどの洋食にはまったく見向きもせず、あえて平凡な韓国料理の食堂に入るのだった。

去年までは友だち一人いなかった。新しい学年に上がると、クラスの子たちは好奇心でカンジュに接近してくるが、それが過ぎるとやがて壁を感じて去ってしまう。勉強についていけないのは仕方ないとしても、友だちの一人ぐらいできてくれたらと願ったが、学年が上がっても完全に一人ぼっちなのは変わらなかった。

そうこうするうち今年の春、初めてチスという友だちができたのだ。チスには以前から「躁うつ」というあだ名がついており、生徒たちのあいだで明らかに浮いていた。遺骨が出土したあと、学校でも虐殺問題が——どちらがやったのかという興味本位ではあったが——話題に上ったらしい。そしてカンジュもつられて口を開いたらしかった。生徒たちはふだん、級友への配慮からカンジュの前では北韓の話を口にすることもはばかっている。ところが、カンジュが北から来たというクラス全員が知っている事実を、チスだけが春も終わりになるころまでまったく知らなかったらしい。遺骨事件に関する会話を聞いて初めてそれを知った彼は、いきなりカンジュのところへ走ってきてこう訊いたのだという。

「ねえ、北韓から来たんだって？」

それは、カンジュの出身地の話をするときには気をつける、というクラスの暗黙の決まりを一挙にぶちこわすものだった。カンジュがあわてるのを見てさえチスは好奇心いっぱいで、連射砲のように質問を浴びせかけた。

「いつ来たの？　北のどこから来たの？」

「こっちに来てどれくらい？」

「やっぱり、飢え死にしそうになって逃げてきたのか？」

チスは色白な顔をぴったり寄せてカンジュの答えを待ち、他の子たちがただならぬ表情で見ていることに少しも気づかなかった。

「じゃあ、人が死ぬところも見た？」

そのとき後ろで見ていた男子が、がまんできずに割って入った。

「おい、ハン・チス！　おまえ、礼儀ってもんを知らないのか」

そのとき初めてチスは周囲からの視線に気づき、心配そうに見守っていた生徒たちは安堵の息をもらした。男子がチスを辛辣にやりこめると、チスはわけがわからないというように聞いていたが、やがて、そのあだ名どおりに口をつぐんで、教室の後ろへ行くとしゃがみこんで泣きだしたという。

そんな顛末だったのに、なぜだかその後カンジュとチスは友だちになった。どうしてこの一件が二人を結びつけたのか、大人の私には理解のしようがない。カンジュはこの話をしながら、途中で言葉をとめて思い出し笑いをしたのだが、それはなぜだったのだろうか。ともかくそのようにして二人は――私の想像では――お互いにとって唯一の友となったのだ。

オリンピック讃歌が駅じゅうに響くなか、改札口から人々が出てきた。その中に、この蒸し暑い陽気にもかかわらず長袖の上着に長ズボンをはいた者がおり、いうまでもなくそれがカンジュだった。内腿と手首に、幼いころの栄養不足の証拠であるおできに似た皮膚病の痕が残っているせいなのだが――いちばんひどいのは脇腹だった――暑いさなかにこんな服装で隠さなくてはならないほどではない。そのうえ、チスが改札口に出てくる前に柵に乗って駅前広場の方を眺めているのに比べ、カンジュは初めての土地にまったく興味がないことをわざわざ見せつけるように、グッとうつむいて歩いていた。

「ちょっと会わないうちに淑女になったたな！」

ヨンナムが近づいてカンジュを歓迎した。

「お父さんに来い、来いって言ったのは、ほんとはおまえに会いたかったからなんだよ。どうだい、旅行は？」

「楽しいわ」

ヨンナムは何が嬉しいのか、ずっと大声で笑っている。

「君がチスだね？」

ヨンナムが尋ねると、チスが答えた。

「はい」

「そうか、よく来たね。江原道は初めてか？」

「小さいとき雪岳山《ソラクサン》に行ったけど、それ以後では初めてです」

「そうか、それじゃなおさらよかったな。だけど最初に言っておくけどね、おじさんの家に泊まってもらうんだが、たぶん君が今まで旅行に行ったところとはすごく違うと思うんだ。不便なことが一つや二つじゃないと思うけど、それをまずわかっておいてくれよな」

「それは聞いてます。旅行ってみんなそんなもんですよね」

チスが大人っぽく言うとみな笑い出した。

駅を出て、老人たちのデモを避け、急いで子どもらを駐車場の方へ連れていった。バイクが待っているとは思わなかったチスは一目で心を奪われ、老人たちの反共スローガンなど耳にも入らないらしい。

「おじさん、僕たちこれに乗っていくの？」

チスの顔はもう上気している。

「そうだよ。どっちを乗せてやろうかな。二人は乗れないからな」

ヨンナムが言うと、チスはすぐに自分が乗りたいとカンジュにせがみ、カンジュは考えるまでもないというように承諾した。チスは快哉を叫ぶとすぐさま後部座席に飛び乗った。

チスを乗せたバイクがまず駅を出ていき、カンジュと私はバス停に行ってバスを待った。娘は、浮き浮きした旅行気分などまったく見せない。停留所に立っているところは、まるで自宅前のバス停でバスを待っているのと同じだ。バスは一向にやってこない。駅前広場の反共スローガンが、まるで私と娘に狙いを定めたように耳元に響く。

「米軍犯罪説を唱えるアカは北韓に帰れ！」

娘はその声に耳をそばだてているようだった。バスの中ではそれでも好奇心が湧いたのか、窓の外の風景を眺めていたが、市街地のいたるところにいつの間にか、駅に向かうときにはなかった垂れ幕がかかっている。垂れ幕の前を通り過ぎると、娘は振り返ってその文句を読んだりした。

「さっき駅で、アカとか北韓とか言ってたおじいさんやおばあさんたちは何なの？」

バスが市街地を抜け、もう垂れ幕が出てこなくなると娘が尋ねた。

「決起大会だそうだ」

「決起大会って何？」

「人が集まって、さっきみたいに一緒に叫ぶのさ」

カンジュはしばらく窓の外を見やった。

「あそこにいた人たちは、いったい誰なの？」

「このへんに住んでる人たちだよ」

「遺骨のせいであんなことをやってるの？」

「そうみたいだな」

娘は膝の上のかばんをいじっていたが、振り向いて尋ねた。

「でも、北韓と何の関係があるの？　人民軍が殺したって言いたいの？」

「そんなこと訊くんじゃない。もう気にするな」

「米軍が殺したって言う人は北韓の回し者だって、どういうこと？」

この質問に答えるのは難しかった。子ども相手でなくても難しかっただろう。ちゃんと説明するなら午前中に見たあの奇々怪々な光景から始めなくてはならないが、どうしたらいいのだろう。

「そんな話は聞くな。お金で買われてやってることなんだから」

「人をお金で買うの？」

「そうだよ。お金をやるからあそこに行って立っててくれって、頼まれているんだ」

「ほんと？」

「そうだよ」

「でも、それが北韓とどういう関係があるの？　何か関係があるからあんなことを言うんでしょう」

ヨンナムの言うとおり、彼らは明日にもやってくるかもしれない。ある程度は話しておいた方がよさそうだ。

「今ここでは、よそから来た人たちが事件の原因を再調査しろってデモをやってるんだが、それをいやがっている人たちもいるらしいんだ。オリンピックのためにやらなきゃいけないことがいっぱいあるのに、その邪魔になるからね。それで決起大会をやって、アカだとか何とか悪口を言うんだよ。北韓とは関係ないんだ。デモをする人たちを追い出すために持ち出しているだけだ。おまえがそんなことに耳を貸す必要はないんだよ。しょせん、ここに住んでいる人たちの問題だからね」

娘は窓の外を眺めていたが、振り向いて言った。

「私たちもそこを見にいくわ」

「どこを？」

「遺骨が出たところ」

「何しに」

「デモをやってるんでしょ？　その人たちの話も聞いてみたいし……」

「何でそんなことが気になるんだ？」

「私たちだって気になるわよ。せっかく来たんだから、一度行ってみたいの」

「旅行に来たんじゃないか。他のところに行こうよ」

「ううん、行くわ。来る途中でチスとも、遺骨のところに行こうって約束したし」

娘は宣言するようにそう言うと、窓の方へ頭を向けた。

バス停からヨンナムの村まで行く地方道はそれこそ炎天下だった。歩いているのはカンジュと私だけである。その道はいやな記憶を呼び覚ました。娘と私は黙って歩いた。村の下でまた垂れ幕に出会った。娘はその文句を全部読むと、またうつむいたまま歩いていく。そのときはわからなかったが、村の入り口まで来たとき、娘がそっと袖で涙を拭いているのを見つけた。私は足を止めて、娘をこちらへ向かせた。

「垂れ幕を読んで泣いてるのかい？　あんなことは一つも聞いちゃだめだよ。気にするなって言っただろ！」

私の言葉に、娘も大声で言い返した。

「だってああいう人たちは、私たちのことを頭っから嫌うじゃないの。悪いこともしてないのに！」

「だから、気にするなって！」

娘は口をとがらせたまま私に背を向け、一人言のように呟いた。

「虫を見るような目で見るんだから……」

私は心を鎮めて、言った。

「あれを書いた人たちは、私たちじゃなくて、よそから来てデモをする人たちを嫌ってるんだ。あの人たちはオリンピックの工事の仕事をしてるだろ。お金儲けがしたいんだよ。だから工事を邪魔する人たちが嫌いなんだ、私たちとは関係ない。北韓がどうこうっていうのは、デモをする人たちを攻撃したいだけなんだから、耳を貸す必要はないよ。私たちを嫌ってるって？　嫌いたけりゃ、いくらでも嫌えばいいさ！　そんなの大したことじゃない」

娘はうつむいていたが、また歩き出した。

ヨンナムの家には、よく会っているというバイク屋の主人ナム・ヨンウクが来ていた。床机の上には彼が買ってきた餃子が用意され、カンジュと私を待つばかりになっている。庭のすみには、ヨンナムのものとは格が違うと一目でわかる高級そうなバイクが停めてあった。チスはそれに心を奪われ、カンジュと私が入っていってもこちらを見もしない。古い家との対比で、バイクがいっそう際立つ。私もその前に行って、あちこちよく見てみた。

「もともと高いものじゃないんですがね、垢を落としてよく磨いたらこうなったんです」

ナム・ヨンウクが後ろで笑いながら言った。

チスは、餃子を食べようと呼んでもそのバイクの座席に座ったまま降りてこない。みんなが何度も呼ぶと降りてきたが、ナム・ヨンウクに根掘り葉掘り質問している。ナム・ヨンウクはチスが餃子を口に入れてもごもご言っているすきに、話題をバイクから他のことに持っていった。

「俺は、もやしが入ってないのは餃子とはいえんと思うんだ。キムチしか入ってないのは餃子じゃないよ。そうじゃないですか、イさん？　それと、餃子ってのは昔から握りこぶしぐらいの大きさに作るもんだ、小さいのは餃子じゃないな、ありゃ松餅〔盆に食べる小さな餅で、餃子に形が似ている〕だよ。あんなのは子どもに食わせるために作るんだ」

彼が買ってきた餃子は北朝鮮風のものだった。

チスは機会を狙って、またバイクのことに話題を戻した。

「おじさん、いちばんスピード出したらどこまで出る？」

「百キロ。それ以上は無理だ」

チスはヨンナムにも尋ねた。

「おじさんのは？」

「おじさんは速くなくていいんだ。ゆっくり運転しているよ」

チスは餃子を口に入れて噛むことも忘れたまま、バイクの前をうろうろしていた。ヨンナムがそれを見て笑い出した。

「兄貴も小さいとき、あんなだったんじゃないですか。バイクを見たら心を奪われちゃって」

ナム・ヨンウクは手を横に振って言った。

「まさか！　俺はあの年ごろには勉強ばっかりしてた。バイクなんて不良が乗るもんだろって感じだったよ。音楽の方に夢中でね。音楽喫茶のＤＪまでやったんだよ」

ナム・ヨンウクはチスを見ながら舌打ちをした。

カンジュに部屋を教えてやって戻ってくると、チスはまだナム・ヨンウクにつきまとって、こんどは部品一つ一つについて質問している。たまりかねたナム・ヨンウクは立ち上がり、腹をたたきながら大きくため息をつくとゆっくりとバイクの方へ歩いていき、道具箱からスパナを取り出した。

「さあ、これからおじさんが君たちにプレゼントを一つあげよう。若いお客さんがこんな山奥まで遊びに来てくれたんだから、お返しをしなくちゃな」

そしてスパナを手のひらにパンパンと打ちつけた。

「おじさんは明日から旅行に行くんだ。だから、これが最初で最後のサービスだよ。たぶん君たちの人生でも最初で最後だろうな。よく見ておきな」

食卓をかたづけていたヨンナムが尋ねた。

「分解するんですか？」

「あーあ！　言うなよ、興ざめするだろ」

チスはすっかり心惹かれ、手に持った餃子を急いで口に詰めこむと、バイクの前に走ってきた。

「だめだめ、お客さんはそこまでだよ！」

ナム・ヨンウクはチスを何歩か離れたところへ追いやった。

彼はまずねじをはずして、サドルを地面に置いた。そしてタイヤの前の方から順に一つずつ取りはずしていくと、廃屋のようなこの家でひとり威容を見せつけていたバイクが、何だかぞっとするようなただの金物に落ちぶれてしまった。みんな息を殺して見守っている。だがチスはタイヤをはずすころから、まるで残酷な殺人を見ているように両手で鼻と口を覆っていた。そして取りはずされた部品が一つずつ地面に置かれていくと、「だめだよ、だめだよ」と言いながらばたばた飛び上がりはじめたのだ。ナム・ヨンウクが作業をしながらそんなチスをいぶかしげに見やる。チスは庭のすみっこのナツメの木の下に駆けていき、そこから分解を見守った。そして部品が一つずつはずされるたびに青ざめ、とうとう両目から涙をこぼしはじめた。ナム・ヨンウクが道具を置いてぼんやりとそちらを見ている。カンジュが近づいてチスの背中を軽くたたいた。

「あの子、どうしたんだ？」

ナム・ヨンウクが声をひそめて尋ね、私は心配ないという意味で手を振ってみせた。チスがまたバイクのそばに戻ってきて、ナム・ヨンウクが彼を見やると首をかしげ、道具箱を取り上げて分解を再開すると、チスは蒼白な顔で、黒い碁石のような両目をまん丸にして見つめていた。部品は一つずつ地面に降ろされ、みんなの視線を一身に集めていたバイクは、ものの二十分もしないうちに鉄のかたまりに変貌してしまった。ナム・ヨンウクが道具を置いて立ち上がるとみんな拍手し、チスは目の下についた涙のあとを拭いた。

「ああ、これじゃ古鉄のかたまりだ。どうするかね。どうしたらいいか、タバコでも一服して考えてみるとするかな」

そう言ってナム・ヨンウクはヨンナムと私を外に誘導した。子どもたちが古鉄のかたまりに近寄っていく。

「あの子、どうしたんだい」

ナム・ヨンウクが私に尋ねた。

「学校で、躁うつってあだ名で呼ばれてるんですよ」

「躁うつ？」

「ええ」

「感情が激しく上下するっていうことかい？」

「ええ。気持ちをうまく調節できないらしいです」

「いやあ、子どもなのになあ……俺はまた何だろうと思ってびっくりしちまったよ。かわいそうになあ……」

ナム・ヨンウクは開け放った大門のすき間からチスをじっと見つめていた。チスは部品の一つを目の前に取り上げてまじまじと見ていた。

「それはそうと、どこへ旅行に行くんですか」

ヨンナムが尋ねた。

「うん。ずいぶん前から来いって言ってくれてる友だちがいたんだが、行けなくてな。休暇も兼ねて何日か行ってくるつもりなんだ。この村にいるともう、目もあてられないようなことばっかりだからなあ。あの、下の方に出てる垂れ幕を見たかい」

「ええ」

「ほんとに、何ていうていいたらくだろう。高齢者を連れ出して炎天下に整列させて、アカは出ていけとか言わせてるだろ。ああいうのを見るのがいやだから旅行に行くんだよ。君も、当分店に来るなよ」

彼はしかめ面をして、タバコの煙を長く吐き出した。

「でも、またそのうち静かになりますよ」

ヨンナムが言った。

「静かって……君、今日の新聞見たか」

「今日ですか？　また何か記事が？」

「昨日の朝刊の記事のことを知ってるかい」

「はい、聞きました。米軍の退役将校のことでしょ？　回顧録に、戦争のときにこのあたりで虐殺があったことを書いたって」

「うん、それだよ。で、今日の朝刊にまたそのことが出たんだ。新聞社がすぐその退役した中佐だか何だかを訪ねてったらしい。最近はそういう動きがものすごく早いだろ。アメリカで直接その人を探して取材したら、パーキンソン病とかいう病気で、頭がちょっとぼんやりしてたみたいでなあ。回顧録を書いたときははっきりしてたんだろうが」

「それで、何て言ったんですか？」

「そういうことはあったって証言したんだ。その人は話ができないから、文を書いて奥さんがそれを読み上げてくれたらしいんだが、文を書きながら涙をこぼしたそうだ。泣いている写真が大きく出てたよ」

「えっ、それじゃ米軍がやったっていう証拠が出てきたってことですか？」

「いや、その人が言ってる事件がこの遺骨の事件だって確証はない。記者が事件の起きた場所を訊いたけど、病気だし歳もとってるから、位置ははっきりしなかったらしい。江原道ではあるけど、それ以上のことははっきりしないって」

ナム・ヨンウクは最後にひと吸いして、吸殻を遠くの草むらに投げた。

「記者もまた、煽動っていうのか、その人が涙を流してる写真を大門の扉みたいにでかでかと掲載してなあ。そんなに一方に肩入れしなくてもいいだろうに。みんなめちゃくちゃだな」

彼は腕組みをして、まだがらんとしている村を見おろした。

「デモ隊の方は勇気百倍でしょうね」

ヨンナムが言った。

「勇気があろうがなかろうが俺は知らんよ。どっちにしろ見ないんだからな。それと君な、あの演劇のこと、どうなってる？」

「やってますよ、練習もしてるし」

「こんな状況なのに大丈夫かい？　今の住民感情、たいがい尖ってて、普通ではないよ」

ヨンナムは答えなかった。

「こんなときはしばらく状況を静観した方がいい。あわててやると誤解を招きやすいよ」

ヨンナムは静かに答えた。

「誰が殺したかは重要じゃないんです、この演劇では」

「それは君の考えだろ。待てよ、じゃあ、米軍が殺したっていう演劇をやるつもりかい？」

「まだ決定してないんです」

「だめだよそれは。趣旨は良くても、それじゃ誤解される。今日こんな記事が出たから、よそからもっと人が来るじゃないか。住民たちははらわたが煮えくり返ってる。あの人たちに、戦争の悲劇だとか、犠牲者の霊魂がどうしたとか言っても通じないよ。しばらく待て。何をやるにしても、適した時ってものがあるだろう」

ヨンナムは静かな村を見下ろしているだけだ。

「デモ隊も人数が増えるんでしょうね？」

私が尋ねた。

「増えるだけじゃないですよ。この人の言うとおり、ほんとに勇気百倍ってところでしょう。しばらくはまたうるさいことになりますね。いらっしゃるのがこんなときでなければよかったんですがね……村の恥をお見せしてしまって」

彼は軽くため息をついた。

「それで俺も急いで旅行の計画を立ててたんだよ。これから南海《ナメ》〔慶尚南道の南海島を中心とする多島海地域〕に行って、足を伸ばして寝そべって、世間のことは全部忘れて日光浴でもするんだ。ヨンナム、鯨のけんかに小エビが頭を突っこむようなことにならないように気をつけろよ。さあ、中へ入ろう。もうこんな話はむしずが走る。暑いことだし、マッコリでもぐいっといきたいじゃないか」

子どもたちはまだ鉄のかたまりの前に座っていた。チスはナム・ヨンウクを待っていたらしく、また近づいてきて部品のことを尋ねる。ナム・ヨンウクはチスの相手をし、ヨンナムはマッコリを持ってきて、子どもたちを避けて縁側に横になった。チスは部品の前を動かず、ナム・ヨンウクはマッコリを何杯か飲むと横になっていびきをかきだした。私も裏の家の柿の木が影になっている床机に寝て、しばらく眠った。

村の下の方からオリンピック讃歌が近づいてきた。子どもたちを置いて外に出て、村の入り口の方を見おろすと、朝に見たワゴン車が戻ってきたところだ。スーツ姿の青年たちは、朝と同じように老人たちをうやうやしく見送っており、それはまるで厳格な規則どおりに動く高齢者施設の職員のようだった。こんな暑さの中では立っているだけでも大変だろうに、老人たちは満足げな笑みを浮かべて上ってきた。

「朝もあんなふうにして連れてったのか?」

ナム・ヨンウクがヨンナムに尋ね、ヨンナムがそうだと答える。

オリンピック讃歌が何度かくり返された。老人たちを見送った青年たちが素早くワゴン車に乗り込むと、オリンピック讃歌は市街地の方へ消えていく。

「猿芝居だなあ……一週間もすりゃ、あんなざまも見なくてすむようになるさ」

ナム・ヨンウクが舌打ちをして、ゾッとすると言いたげにさっと振り向き、中に入っていった。子どもたちはオリンピック讃歌など耳に入らないようで、中へ入るとチスがすぐに走ってきた。

「おじさん、組み立てはいつやるんですか？」

「組み立て？　そうだよな！　よし、いっちょ始めるとするか。これをこのままにしてはおけないからな。だけど、組み立ててもこいつがちゃんと動くかなあ。動かないとおじさんは家に帰れないんだがね。動かなかったらここに泊まらなくちゃいけない」

ナム・ヨンウクはまた道具箱を開けた。

みんなが熱心に組み立てを見守った。組み立てには分解より時間がかかったが、だんだん形ができていくのではるかに面白い。チスは穴があくほど見つめ続け、私も目をそらすことができなかった。やがてタイヤをとりつけると、横になっていた物体が立ち上がった。ついに組み立てが終わると、みんなが我先に拍手喝采した。

「まだだよ、まだだ！　動くかどうか見ないと」

みんな、また息を殺して待つ。ナム・ヨンウクがサドルにまたがりエンジンをかけ、力強くペダルを踏むと、ちょっと前まで地面に散らばっていた金属部品たちがいっせいに秩序正しく震動し、ナム・ヨンウクの操るままに家の外へ走り出て、また戻ってきて停まる。それは力強い種馬のような本来の姿だった。チスがそれを見て万歳を叫び、みんなひとしきり笑いこけた。

夕飯は早めに用意した。前日と同じく畑から野菜をとってきて洗い、ヨンナムは子どもたちのために鶏を三羽もゆでた。子どもたちの声のおかげで、廃屋のようだったこの家が息を吹き返したように思える。久々の賑いに、ヨンナムの声も明らかに浮き浮きと弾んでいた。自給自足方式にのっとって私が子どもたちに分担を割り当てようとすると、ヨンナムは、自給自足の要は少量を生産して少量を消費することだと言って手伝いを断った。子どもたちにとっては旅先での初めてのちゃんとした食事だし、バイクの分解と組み立てで興奮したせいか、みな、鶏三羽をあっという間に骨だけ残して平らげた。

食事のあともチスは興奮がさめず、バイクのまわりをうろうろし、とうとうナム・ヨンウクの店に行って他のバイクを見たいとせがみだした。私が止めたが、ナム・ヨンウクはどうせ明日は店も休みだし、大切なお客さんの頼みだからと快く引き受けてくれ、その代わりチスは皿洗いをした。ナム・ヨンウクのバイクの後部座席には子ども二人が充分乗れるので、やがてバイクが二人を乗せて出ていくと、家は再び昨日のように静まり返った。

「子どもたちの声を聞くと、生きた心地がするな」

ヨンナムがおこげ湯〔ご飯を炊いた釜で湯を沸かし、おこげを溶かしたもの。食後に飲む〕を沸かして床机に持ってきた。

「カンジュに最後に会ったのはトンベクの葬式のときだったな。一年もしないのに、ずいぶん大きくなった。あのときはまだ子どもっぽさが残っていたけど……」

「そんなあの子が、今じゃ何かといえば反抗ばかりだ。相手をするのが骨だよ。さっきバスの中でも、遺骨の出土地に行きたいと言ってなあ」

「何で行きたいんだ？」

「行って、デモをしてる人の話を聞きたいってんだ。その言い方も一方的なんだよ。言いわたすみたいに」

「ほう。それで、許可したのか？」

「俺の許しを得るとかそんなんじゃないんだな。おまえ、どう思う。子どもが行っても危険じゃないだろうか」

「危険なことはないよ。どうせショーみたいなもんだから。でも、せっかく旅行に来たのに何でまたあんなところへ。自然を楽しむだけじゃだめなのか」

「好きにさせてもいいかな」

「いいさ、危ないことはないから。デモといったって演劇みたいにしばらくやって終わりだし、子どもが見ても面白くないだろう。退屈してすぐに帰ってくるよ」

「その人たちの話を聞きたいって言うんだが」

「その人たちが子どもらをつかまえて話しこむとでも思うかい？　会報でももらって読むぐらいだろ」

そんな話をしているところへ、昨日も会った演出家が新聞の束を持って入ってきた。彼は昨日と同じく、入ってくるなり、僧侶のように短く刈った頭を撫でながら挨拶した。私は部屋に入って二人に座を明けてやった。演劇のことでまた来たのだろう。開いた窓から、二人の話が部屋まで聞こえてくる。

演出家は演劇を暫定的に中止すると言った。ナム・ヨンウクが言っていた朝刊の記事のためだ。「どっちかに結論が下るまでは無理ですね。今みたいなときに中途半端に出ていって、懺悔の話をしてもだめでしょう」

「いつまで中止するんですか」

ヨンナムの声は低く、慎重だった。

「しばらくはようす見ですね。最低限、どっちがやったのかが確実にならないと、台本を確定できないし」

二人はしばらく黙っていた。そしてヨンナムが言った。

「真実はもう明らかになったじゃありませんか。人民軍が殺したって」

「何で同じことばかりおっしゃるんです？　今じゃ、米軍が殺したって信じている人の方が多いですよ。政府発表を信じているのは、全国でもこの地域の人たちだけですよ」

「どっちにしても、そういうのは関係ないことにしたんじゃないですか」

ヨンナムの声が少しずつ大きくなる。

「カンさんの言うとおりです、それは私たちには関係ないことだ。でも現実的に考えてみてください。演劇をやるためにはまず台本が要るし、俳優も必要だ。それに観客だって必要でしょう！　そし俳優たちに訊いてみたんですよ、米軍がやったことに台本を書き換えたら出演するかって。そしたらみんな、いやだって言うんです。みなさんこの地域の住民だから、そうなりますよね。もしも米軍がやったという確実な証拠が出たとしても、そんな内容なら出たくないと言うんですよ。こんな状況で、どうやったら演劇ができます？　米軍がやったことにしたら、少なくともこの地域では見に来る人もいないでしょう。さあ、台本も確定できない、俳優もいなけりゃ観客もいない、そんなことで上演が可能だと思います？」

「じゃあ、いつまで待つおつもりですか」

「もうちょっと確実になるまで待ちましょう。米軍がやったという証拠が確実になったとしても、地域住人がそれを受け入れるにはさらに時間がかかりますよ。最低限、選手村がちゃんと完成して、自分たちに何の損害もないことが保証されなければ、それを歴史的事実として受け入れ、犠牲者を追悼する気持ちも出てこないでしょうし」

「それじゃ選手村の竣工まで延期するということですか」

ヨンナムの声は興奮していた。

「例えばの話です。私が言いたいのは、しばらく見守ろうってことなんですよ。状況がどっちへ転ぶかわからないから」

二人はまたしばらく黙った。ヨンナムが低い声で尋ねる。

「もしかして、あの協会の人たちのせいですか？」

すると演出家も声を荒らげた。

「違いますよ、何てことを言うんです？　あの人たちとは何の関係もありません。お話ししませんでしたが、今日も彼らが電話してきたんですよ。また新聞に記事が出たからでしょう。それでだしぬけに、オリンピックに賛成か反対かって訊くんでね、どういう意味だって質問したら、オリンピックに賛成する者は愛国者で反対するのは売国奴だって言うから、もう呆れちゃってね……返事もしないで電話は切りましたけど、よく考えてみて、これは単純な話じゃないなって気がしました。それくらい今、この地域の民心が荒れてるって意味じゃないですか？　でもカンさん、私はあんな人たちが脅迫したからって演劇をやめたりしません。まさか誤解しないでくださいよ。私はこういう演劇をして回って、嫌な思いはさんざんしてきたんですから」

ヨンナムは何も言わなかった。

「もうちょっと待ってみましょう。どっちにしろ今はいろいろと時期がよくない。人民軍がやったという台本でもやりたくないって言った人がいましたよ。よけいな面倒に巻きこまれたくないからって」

ヨンナムが落ち着いた声で言った。

「先生、私の考えでは、この遺骨問題に真実なんていうものはないんです。先生も言ってたじゃないですか。真実は、死だけだって」

「その気持ちは変わっていませんよ」

「どっちが殺したかっていうのは、真実ではなくて利益の問題ですよね」

「そのとおりです。でも今は仕方ありません。とにかく、上演は困難です。誰もやってくれないのに、カンさんと私だけでやりますか」

「いっそのこと初めから、国籍をなくしてしまったらどうです？　無国籍の人間が虐殺をやったことにして。そうすれば、懺悔という意味を理解してもらえるのでは？」

「ハハハ、カンさん、頼むからちょっと待ってくださいよ。私は宗教劇をやるつもりはないんだから、現実の事件の話をしてるんだから。それに、少なくとも俳優は必要でしょ。私だって平気なわけじゃありませんよ。残念なのは同じだ」

演出家はなだめるようにまた何か言うと、立ち上がった。演出家が行ってしまったあとも庭は静まり返っている。外に出ると、ヨンナムが座ったまま暗い庭を眺めていた。

「演劇の件、うまくいかないみたいだな」

私は彼に近寄って座った。彼は庭を見ているばかりだ。

「聞いてたら、やめるわけではないようだけど……」

私がそう言うと、彼は黙ってうつむいた。

「やめるのと同じだよ。それより、あの人は話がしょっちゅう変わるのが問題だ。俺たちは最初から、こういうことには囚われないつもりだったんだから。俺と話したときだって、この事件の唯一の真実は遺骨、つまり人々が死んだということ以外にはないって言ってたんだ。だから、米軍のしわざだろうと人民軍だろうと関係なかったんだ。なのに、今になってあんな世迷いごとを言い出して」

「あの人の言うことにも一理あるんじゃないか？　意図はよくても、現実的に難しいのは事実じゃないか」

ヨンナムはまた暗い庭をにらんだ。

「俺は、何も変わってないと思う。俳優がいないって言うが、それなら新しく方法を探せばいいだろう、演劇自体を延期しなくてもいい」

そして確信をこめて言った。

「しょせんあの人は、いつだってやめられる人だったんだ。俺とは立場が違うよ」

「どういうことだ」

「あの人は、懺悔しなくても生きていける人だ。あの人がやりたいのは懺悔じゃなくて、懺悔劇だもの。でも俺は懺悔しなければ生きていけない人間なんだ。どうしたって同じにはなれないよ」

「じゃあ、どうするんだ？　演劇をやるっていうのか」

「やるべきだ」

「でもどうやって？」

彼は答えなかった。

「おまえが演劇を仕切るとでもいうつもりかい？」

彼は庭の暗闇を見ながら身じろぎもしなかった。そして振り向くと私を真正面から見つめたが、それは私たちの仲だから言える話をするという意味だった。

「だめってわけでもないだろう?」

それは、犬を抱いて走ってきて、出会い頭に私を見たトンベクのまなざしと同じだった。彼はまるで私に許しを求めているかのようだったが、私はそれを拒絶した。

「だめだよ。危険だ。俺たちはこの社会では異邦人だ。ここの住民たちもためらっていることを、俺たちみたいなのがどうしてやれる? それに、状況が普通じゃないよ、老人たちを連れてって決起大会までやってるんだから。俺たちの出る幕じゃない」

彼はがっかりしたように私を見つめた。

「おまえまでそんなことを言っちゃ困る。俺たちはあの人たちと同じように考えちゃいかんよ」

「じゃあ一つだけ訊くが、米軍がやったという台本に直すのか?」

「そんなことは重要じゃないんだよ。何回言ったらわかるんだ!」

彼が叫んだ。

「現実的に考えろっていうのは、それくらい危険だからだ。人の忠告を無視しないでくれよ」

私が言うと、彼はすっくと立ち上がって私に向かって怒鳴った。

「危険だって? おまえ、いつからそんなに安全が大事になったんだ。俺が人に袋だたきにでもされるとでも思うかい。協会の連中にやられるとか? 家族を放り出して生死もわからない奴が、そんなことを怖がるなんて、話にもならん」

彼はまっすぐに部屋に入り、戸を強く閉めた。

その後、彼は外に出てこなかった。部屋には明かりがついていたが、中からは何の音もしない。子どもたちはナム・ヨンウクのバイクに乗って夜遅く帰ってきた。ヘッドライトをつけて上ってきたバイクは、昼間見たのとは異なり、闇の中でも勇壮な感じで、チスが騒ぐだけのことはあった。子どもたちは旅行の計画を練り直すと言って、すぐに部屋に入っていった。

私が先に寝床に入り、ヨンナムは一人で庭に出ていたが、夜もふけて部屋に入ってきた。夜明けにはまた、体操の号令が聞こえてきた。私は外を見なかった。闇の中の彼の孤独とこだわりがいやだった。私は外を見る代わりに天井を見つめた。私はどこにいるのだろう。彼に危険なことをするなと忠告したが、一方では彼の意地がうらやましかった。家族を捨てたのは私の方だったが、私は犬を盗みもしなかったし、演劇をやろうとも思わない。今の生き方を最善のものとして受け入れているからだ。けれどもカンジュにはそんなことは言わなかった。私が生を恥じていることを知られてはならなかったから。あの子が、生きていることを恥じてはならなかったから。

家に帰ればまた、真昼の市街地の路地に行ってうたた寝をするだろう。それが死者を守る墓守りの生き方なのだ。だが帰り道で、自分の影法師の前に立ち止まるとき、私はそんな自分自身を恥じるに違いなかった。私は苦痛の中で起き上がり、外を眺めた。

おまえの真実

子どもたちは、昨日ナム・ヨンウクに勧められたという遊園地に行くために朝から出かけるしたくをしていた。朝飯を食べていると、遠くからまたオリンピック讃歌が近づいてきた。その音は、これからも毎日この曲が流れ、笑いを浮かべた老人たちが動員されることを示しているように思え、ヨンナムと私は歌声を無視した。子どもたちは前日の午後にも聞いたその歌を、何とも思っていなかった。

子どもたちが出かけたあと、一人で裏山に登って村を見おろしてみた。セミの鳴き声がいっぱいに鳴り響いている。がらんとした村に向かって耳が痛くなるほど必死に鳴いているその声は、またとなく虚しかった。

家に下りていくと、ヨンナムが部屋に、座り机を引っ張ってきて何か書いていた。私が入ってきたのが聞こえたはずなのにそんなそぶりも見せず、無視しようとしているように思える。うつむいた頭のそばにあるのは、台本だ。それをノートに書き写しているのだった。

その姿はしつこくわめきたてるセミたちに似て感じられ、私は彼を避けて野菜畑に水をやり、家のまわりを掃除した。その間も彼は私と縁を切ったかのように黙って、鉛筆だけをすらすらと動かしている。

「すごい日照りだな。天が腹を決めたみたいだ」

私は裏庭に座り、わざと大声を出して言った。実際、午前中からもうたいへんな暑さだった。雨が降らないままもう十日になるらしい。

「何をしてるんだ？　朝から」

部屋にいる彼にむかってまた尋ねてみる。彼は聞こえなかったようにうつむいていたが、軽くため息をついて上体を起こし、書き写したものを見おろすと、ノートを私の前に投げた。

「台本を直してるんだ」

私はノートに手を触れなかった。

「俳優がいないのがいちばんの問題だっていうから、夜、いろいろ考えてみたんだ。それで、デモ隊の人に相談してみるのがいいんじゃないかと思ってな。デモ隊に、仮面をかぶって演技をしてる人もいたじゃないか。あの人たちに会ってみようかと思うんだ。その方面に経験のある人たちだろうから」

だが彼は、私をまともに見ようとしなかった。

「何を言ってるんだ？」

彼は答えない。

「じゃあ今までの台本を、米軍犯罪だっていう方向に書き換えてたのか？」

「話をしに行くんだから、何か持っていかなきゃならんだろう」

彼は私の視線を避けて体を半分横に向けて座り、ピアノを弾くように指で机を叩いた。投げたノートの表紙にはキリン、象、リスが子どもたちと一緒に遠足に出発しようとして片手を上げた姿が描いてある。振り向いて庭を見ると、陽射しがまぶしかった。

「世の中がどうなろうと、演劇さえできればそれでいいのか」

彼はその言葉を予想していたというように、素早く反論した。

「それで何が悪い？」

「ここに来た日、おまえの口から、デモ隊は地域住民にとって目の上のたんこぶだって聞いたよ。そんな人たちと一緒に演劇をやってどうするんだ？　その人たちはいずれ出ていくけど、おまえはここに住んでるんじゃないか」

「それも考えてみたよ。考えてみたけど、どうしても地域の人を相手にする必要はないんだよな。舞台もデモ隊の方に移せば、すべて簡単にすむ話だ。あの人たちが俳優にもなり、観客にもなってくれるんだから。それにあの協会の連中も、デモ隊には何もできないだろ？　せいぜい弱い年寄りを集めて炎天下に並ばせる程度だもの」

「おまえ、最初はデモ隊のことを笑ってたじゃないか」

「笑ってたって？　それが何の関係があるんだ。あの人たちだって同じ人間だろ。俺が見ているのは、犠牲者たちの死なんだ。死の前ではみんな似たようなもんだ。考え方の違いなんてささいなことだよ、違うか？　懺悔っていうのもそうだよ。人に平等に、誠実に対するってことだろ。一緒に演劇を作れば、あの人たちも、今、大切なのは懺悔なんだってわかるだろう。地域住民と違うところはないよ」

　その言葉は、彼が自分一人の世界に閉じこもっているという印象を強めただけだった。

「俺は関係ないよ。おまえの言うとおり、俺はここに休みに来たんで、そんなことに関わりないからな。だけど友だちとして一言だけ言わないわけにいかないよ。おまえは今、油を抱いて火の中に飛びこもうとしているよ。それがわかってるか？　おまえ、トンベクが犬を盗んだことを憶えているだろ」

　彼は恥をかかされた子どものように顔をこわばらせて、私から顔をそむけた。私は言った。

「わかったよ、考えがあってやってるんだろうってことは。危険だとかいうのも、もう言わないよ。聞きたくなさそうだし」

　すると彼は訴えるように言った。

「演劇をやろうっていう人間は今じゃ俺一人なんだよ。誰が俺みたいな独り者の脱北者に関心を持つと思う？　演劇ったって、静かに小さくやるだけだよ」

そんな言い方もまた不快に感じられる。

「好きにしろよ。俺は関わらないから」

すると彼は私の方に投げたノートを拾って、また机に向かって身をかがめた。私は裏庭に行って彼を避けた。

太陽が熱く昇ったころ、彼はノートと台本をくるくる巻いたのを持って家を出た。

「すまんが、昼飯は一人で食うよ。遅くはならないだろうから、子どもたちが戻ってきたらどこかに出かけよう」

そして急いでバイクに乗って村を下りていった。

いくらもしないうちに、がらんとしていた村に老人たちが帰ってきた。前日より早く帰ってきたのは、いくらテントの下とはいえあの炎天下に耐えられなかったのだろう。それでも老人たちは例の満足げな笑いを浮かべて上ってきた。その姿は前日よりどこか後ろめたそうに見え、見ていて不快だった。

毎朝青年たちに発破をかけ、オリンピック讃歌をがなり立てるワゴン車に乗せて送り出す人々のことが思い浮かんだ。彼らはどういう連中なのだろう？　彼らは利益という単純で確固たる目標の下で、自分の仕事に確信を持ち、情熱的に取り組んでいるのだろう。朝、青年たちを送り出したあと、朝刊をはじめさまざまな報道を点検し、駅前広場や出土地、垂れ幕をかけた通りなどに出て見回りをするのだろう。彼らは己の欲望の正しさを確信し、それゆえ人間には冷淡なのだ。

だがそれにしても、この村の老人たちは、オリンピック讃歌やスーツを着た青年たちのぎこちない礼儀正しさがばかばかしい舞台装置にすぎないことをまったく理解していないのだろうか。本当にわずかの金に買収されてくだらなさに耐え、あそこに行って道化の真似をしているのだろうか。あの笑いは、くだらなさに耐えるためのものなのか。

子どもたちは陽射しがいちばん暑いときに帰ってきた。遊園地が楽しかったらしく、チスははしゃぎつづけ、家に入ってくるとすぐ、またナム・ヨンウクの家に行くと言いだし、彼が休暇で出かけていることを思い出してひどくがっかりした。

ヨンナムは太陽が山を越えるころになって帰ってきた。大学生とおぼしき一組の男女を伴っている。まるで自分がその二人の先輩であるように、そして後輩を紹介する機会を得て喜んでいるように、満面に笑みをたたえている。

「おい、挨拶しろ。こちらはチェさんの家に民泊する学生さんだよ。出土地に行ったらチェさんがいてな、あの人が、この二人を泊めてあげることになったんだ。デモったたって一日二日のことじゃないからな、こうやってお互い便宜を図るのはいいことだよ。まあ、挨拶しておくれ。こちらがハン・サンウォンさん、こっちはペ・ヨンジュさんだ。さ、こちらが私が言ってた友人のイ・ウォンギル氏だよ」

大学生二人と私は挨拶を交わした。男子学生のハン・サンウォンは、初対面にもかかわらず、私をよく知っているようににっこり笑って親しみを表す。私は居心地が悪かった。なぜ学生たちを家まで連れてきたのだろう。私には、ハン・サンウォンという男子学生の親しげな態度が、米軍犯罪説に同意する者どうしの連帯感を強調しているように思えて仕方なかった。

「演劇のことでいらしたのか？」

私は尋ねた。

「うん、今日、思ったより人にたくさん会えてなあ。俺も、こんなに簡単に話が進むとは思ってなかったんだ」

ヨンナムの口調は、私が演劇に反対していたことなど完全に無視するものだった。

「みんな、演劇の趣旨に同意してくれてな。こんなに反応があるとは本当に思ってなかったよ。聞いてみたら、あっちでも文化行事を計画していたんだ。このごろよそから人がけっこうたくさん来てるだろ、その中に音楽家や画家、写真家もいっぱいいるんだってよ。そういう人たちと行事を計画しているから、一緒にやってみたらどうかって話まで出てな、ハハハ。もちろんまだ決まりじゃなくて、始まったばかりだけど、まずはこのお二人と台本の修正をしたり練習計画を立てようかってことになったんだ。俺は、舞台の大きさは関係ないんだ。やれるだけでもありがたいからね。とにかく明日の夜から一、二時間ずつ時間を作ることにした。それとこの人たちは、やっぱりプロ同然だよ。おまえも見ただろ、デモ隊の後ろで仮装行列してた人たちをさ。このペ・ヨンジュさんが女の扮装で、ハン・サンウォンさんが農夫の扮装で出てたんだよ。俺はこの二人に演技を習うつもりなんだ」

するとハン・サンウォンが手を振って言った。

「違いますよ！　僕は演技なんてできません。この演劇の趣旨がとてもいいから一緒にやりたいと思っただけなんです。とにかく今、ひどい状況でしょ。みんな政府の真実隠ぺいにうんざりしていいます。でも、真実を暴き出しておしまいじゃいけないですからね。カンさんのおっしゃるとおり、歴史に対して懺悔して、反省しなくちゃ。これまで僕もいろいろ考えてきましたけど、カンさんに教わるところがすごく大きかったですよ。最終的にやるべきことは、それですもんね」

こんどはヨンナムが手を振って言った。

「いやいや、そうじゃないよ。こっちこそ、俺みたいな人間の話を聞いてくれてほんとにありがたいですよ。ともかくこれから頑張ってやりましょう。そして、演技は教えてくださいよ」

ハン・サンウォンはまた首を横に振った。

「いえ、演技だなんて。僕は舞台に上ったこともないんですから。チャンスがあれば演技の勉強はしたかったんですけどね。俳優は夢でした。ひょっとしてその夢が今回実現するかもしれませんね」

「意欲まんまんですね。誰が演技を教えるのかはやってみるうちにわかるでしょう。いや、お疲れだろうに話が長くなった。さあ、もう帰って休んでください」

二人の大学生は私におじぎした。そして家を出るとき、床机に座っていたチスとカンジュにも挨拶したが、二人が出ていくとすぐにチスがヨンナムに駆け寄った。

「おじさん、お芝居やるの？」

「おお」

「どんなお芝居なんですか？」

ヨンナムは私を見て笑うと、答えた。

「君、ここの近所で戦争のときの遺骨が出たこと知ってるだろ？」

「知ってます」

「その人たちがどんなに悔しかったと思う？　何も悪いことをしてないのに死んでしまって、地面の下に埋められていたのに、そのことを今まで誰も知らなかったんだからね。戦争のときはそんな人たちがたくさんいたんだ。おじさんのやるお芝居は、そういう人たちを慰めて、もうそんなことが起こらないように祈るためのものなんだよ」

「いいお芝居ですね」

「そうとも、いいことだよ」

「いつ？　どこでやるんですか」

「それはまだわからない。稽古をしながら決めていくのさ」

チスはそばに来たカンジュにささやいた。

「僕たちも入れてくれって、言おうか？」

私はカンジュが答える前に出ていって、子どもたちをヨンナムから引き離した。子どもたちは口を尖らせて背を向けた。

夕飯は、ヨンナムの習慣に従って野菜をかごに一杯つみ、味噌を添えただけで食べた。涼しい夜の床机に座って食べたせいか、誰も不平を言わずみんな飯を一杯ずつ軽く平らげた。食事のあと、子どもたちと皿洗いの順番を決め、その日は大人が担当することになった。

ヨンナムが膳をかたづけ、私は台所で皿洗いをした。彼は演劇のことがうまく進展したのに勇気づけられたらしく、食器を運びながら鼻歌を歌っている。彼は皿洗いを終えると部屋に入り、机に向かって台本に手を入れはじめ、しばらく部屋に入っていた子どもたちが決心したような表情でやってきて、朝になったら遺骨の出土地に行ってみると言った。バスの中では宣言でもするようにそう言い捨てたカンジュも、私の反対を恐れてか、チスの後ろに立って心配そうな顔で返事を待っている。止めたところで納得しないだろう。私は、デモの現場に近づいてはいけないと注意するにとどめた。

遠く、村の下の方から、バイクの音が静寂をつんざいて上ってきた。老人ばかり住んでいる村だから、無意識にその音に耳をすますことになるのだが、意外にも音はヨンナムの家の前で止まるではないか。その音に好奇心を惹かれたチスが外へ飛び出して来て見おろした。門をつかみ、出ていくこともせず中へ戻ることもせず立ち尽くしている。

家の前の街灯の下に停めた二台のバイクのそばに、鼻ひげを伸ばした中年男性と、暑いのに革ジャンを着こんだ青年が立っていた。ヨンナムが出ていって歩み寄ると、中年男性もヨンナムに近づいてきた。

「あなたが北韓から来たカンさんかね？」

「そうですが」

中年男性はヨンナムを審査するように上から下までじろじろ見ると、はめていた革手袋をはずしてバイクの荷台に載せ、こちらへやってきた。

「一つ訊きたいことがある。何で北韓からこっちへ来た？」

私はチスとカンジュを中へ入らせた。革ジャンの青年はバイクにもたれて中年男性とヨンナムを見つめている。ヨンナムは答えなかった。

「人の国まで必死で来るには理由があるだろう。飢え死にしそうだったとか、金を稼ぐためとか」

しばらく沈黙が流れた。ヨンナムが静かな声で尋ねる。

「用件は何です？」

「もう訊いただろう。質問されたら答えろ」

ヨンナムは即座に身をひるがえし、家に入ろうとした。中年男性がヨンナムの肩をつかんで向き直らせる。

「人の話が聞こえないみたいだな」

ヨンナムは彼をにらみつけた。

「用件を言ってください」

「こびへつらって人の国にまで来た以上、食っていくことを考えろって、教えてやりに来たんだよ」

ヨンナムがまた背を向けようとすると、男は再び手荒に彼を向き直らせる。

「帰ってください」

ヨンナムが言うと、男は片腹痛そうにため息をつき、ヨンナム越しに家の方を見た。

「この家はどうやって手に入れた？　ただで借りていると聞いたが」

おまえのことは調査ずみだと言いたげだ。

「どなたなんです？」

ヨンナムが訊く。

「おい、家もただで借りるような立場なら、必死で働くべきだろう。なぜ、分不相応なことをして回る？」

「誰かって訊いただろう！」

ヨンナムが声を荒らげると、男はヨンナムの真正面から近づき、にらみつけた。

「おまえがそれを知ってどうする」

そして取って食いそうな勢いでにらみつづけた。

「この村のお年寄りを連れていったのはあなたたか？」

ヨンナムは目を合わせて言った。男はつまらなそうにフンと鼻で笑った。

「気が回ることは回るんだな」

そしてヨンナムの前でゆっくりと何歩か歩いた。

「な、ちょっと話そう」

男が立ち止まって言う。

「何の話をです」

「どうして人を扇動するのかってことを」

「扇動だなんて。そんなことはしたことがない」

「したことがない？　おたくは今、あの事件が米軍の犯罪だと言ってみんなを扇動してるじゃないか。知らないとでも思うか？」

彼はまた近寄って、ヨンナムの面前に顔をぴったりくっつけた。

「米軍が殺したという演劇をやるんだそうじゃないか。違うか？　ありもしないことをでっち上げて触れ回るのが扇動じゃなかったら何なんだ。おまえらはそういうことが上手だろう」

男はデモ隊の内部事情を驚くほどよく知っていた。ヨンナムも驚いたと見え、それ以上詮索せずに男をにらんでいるだけだ。

「何とか言ってみろ。なぜ、ありもしない話を作って、人を扇動するんだ？」

ヨンナムは答えない。

「おまえ、アカだな」

ヨンナムは口をつぐんだ。

「アカだろう！」

「何てことを言うんです！」

「違うのか？　おまえ、仕事は何をしてる。何もしてないだろ？　どうやって食ってるんだ。スパイじゃないのか？　誰に金をもらってこうやって暮らしていられる」

「私は戦争犠牲者を追悼したいだけだ」

ヨンナムはやっとのことでそう答えたが、男は聞く耳を持たない。彼がズボンのポケットからタバコを出して火をつけた。その間は静寂が流れる。男はタバコの煙を街灯の明かりに向かって長く吐き出した。

「おたく、定着金〔脱北者に対して政府から支給される資金〕もらったろ？」

ヨンナムは答えない。

「それはいったい誰の金だと思う。国民の財布から出た、血のしたたるような金だぞ。飢え死にしそうなところを受け入れてもらって、満足な暮らしができるように金までもらった以上、ありがたく思ってなりふり構わず働くべきだろう。その金で遊んで暮らそうってのか。おい、正直に言えよ、いったいどういう金で食ってるんだ？」

ヨンナムは震える声で答えた。

「私は南韓に来るとき家族を全員なくしたんだ。そんな私にとっちゃ、戦争で死んだ人たちの悔しさは他人事じゃない。私は扇動なんかしていない。死んだ人を追悼したいだけだ」

「それなら、どうしてありもしないことをでっち上げる？　米軍の犯罪だと誰が言った？　政府が人民軍のしわざだと発表してからこんなに経つのに」

ヨンナムは答えられなかった。男がヨンナムをにらみつける。

「どうして米軍の犯罪だと騒ぎたてるんだ。これでもまだ言い訳するか？」

「私が何を言い訳した？」

私は割って入って中年男性に言った。

「私はこの人の友人だ。私がよく言って聞かせるから、もうこれぐらいにしてください」

「そちらは誰だ。おたくも北韓から来たのか？」

彼が言った。

「そうですが」

「おたくも演劇をやるのか？」

「やりません」

「それなら出しゃばらんでいい、黙ってろ」

男はまた振り向いてヨンナムの面前に顔を突きつけた。

「よく聞け。俺はなあ、おまえみたいな奴がどうして演劇なんぞやるのか知りたくもないんだよ。

アカだろうとなかろうとどうでもいい、俺は自分の仕事で忙しいんだからな。だからもう、はっきり言う。演劇をやっても構わん、人民軍がやったということならな。だが、米軍の犯罪だと言うならただじゃすまないぞ。わかるか？」

ヨンナムはそのまま身をひるがえすと家に入っていった。男はヨンナムに構わず、代わりに私を横目でじろりと見た。

「あいつにすぐに言いなさい。もう一度俺にここに来させるなってな。そのときは本当に手かげんしないから」

男はタバコを弾いて捨てるとバイクにまたがった。そして出ていく前に、ヨンナムが入っていった方を眺め、ひとりごとのように言い捨てた。

「目玉をえぐってやるぞ、あいつ」

バイクのヘッドライトが村道を照らしながら下りていく。

革ジャンの青年はそのまま残った。中年男性が姿を消すと、彼はまるで遊びに来ているかのようにバイクのラジオをつけ、荷台から缶ビールを取り出して一口飲んだ。ラジオからは若い男女の恋愛談義が流れてくる。青年は私の視線を避けていたが、近づいていくと今度は私をにらむ。

「用事が残っているのかい？」

私が訊いた。青年はまたビールを一口飲み下した。

「関係ないでしょう」

読者カード

みすず書房の本をご愛読いただき，まことにありがとうございます.

お求めいただいた書籍タイトル

ご購入書店は

・新刊をご案内する「パブリッシャーズ・レビュー みすず書房の本棚」（年 4 回 3 月・6 月・9 月・12 月刊，無料）をご希望の方にお送りいたします.

（希望する／希望しない）

★ご希望の方は下の「ご住所」欄も必ず記入してください.

・「みすず書房図書目録」最新版をご希望の方にお送りいたします.

（希望する／希望しない）

★ご希望の方は下の「ご住所」欄も必ず記入してください.

・新刊・イベントなどをご案内する「みすず書房ニュースレター」（Eメール配信・月 2 回）をご希望の方にお送りいたします.

（配信を希望する／希望しない）

★ご希望の方は下の「Eメール」欄も必ず記入してください.

・よろしければご関心のジャンルをお知らせください.
（哲学・思想／宗教／心理／社会科学／社会ノンフィクション／教育／歴史／文学／芸術／自然科学／医学）

（ふりがな） お名前　　　　様	〒
ご住所　　都・道・府・県　　市・区・郡	
電話　（　　　）	
Eメール	

ご記入いただいた個人情報は正当な目的のためにのみ使用いたします.

ありがとうございました. みすず書房ウェブサイト http://www.msz.co.jp では刊行書の詳細な書誌とともに，新刊，近刊，復刊，イベントなどさまざまなご案内を掲載しています. ご注文・問い合わせにもぜひご利用ください.

郵便はがき

料金受取人払郵便

本郷局承認

2074

差出有効期間
2019年10月
9日まで

113-8790

東京都文京区
本郷2丁目20番7号

みすず書房営業部
行

通信欄

(ご意見・ご感想などお寄せください．小社ウェブサイトでご紹介させていただく場合がございます．あらかじめご了承ください．)

青年は私の視線を避けたまま、片足で盛んに貧乏ゆすりをした。

「他人の家の前にこんなふうにいすわるからには、何か用事があるんだろう」

「用事ですか？」

青年は私をまっすぐ見つめた。

「愛国活動をしてるんですよ」

私は答えなかった。

「オリンピックを守ってるんです」

私は家に入った。

ラジオのＤＪの元気のいいおしゃべり、女性歌手の歌、漫談、やかましい笑い声が塀を越えて聞こえてくる。子どもたちはただならぬようすに気づいてか、出てこなかった。ヨンナムは裏庭に行っている。私は床机に座っていたが、ラジオのおしゃべりに耐えかねてヨンナムのいる裏庭に回った。

街灯の明かりだけがぼんやりと広がるそこで、ヨンナムはタバコを吸っていた。鶏の姿が見えない鶏舎から、その身動きする音だけが聞こえてくる。

「すまないな。子どもたちがいるのに」

ヨンナムは両手で顔を撫でた。バイクのラジオのおしゃべりと笑い声がここまで流れてくる。

「どうするつもりだ？」

私が尋ねると、ヨンナムは何度か勢いよくタバコを吸いこみ、暗闇に向かって吸殻を投げた。

「卑怯な連中だよ。老人を連れてって整列させるだけじゃ足りなくて、デモ隊のようすを探る人間まで送りこんでるみたいじゃないか。でもデモ隊の方が勢力が強くてどうにもならんから、俺みたいな御しやすい奴をいじめに来たんだろう」

そして彼は草むらの方の闇を見た。

「どっちにしても、おまえは目をつけられてるってことだ」

私が言うと、彼はこわばった顔でうつむき、考えこんでいたが、決然と顔を上げると言った。

「申し訳ないな。ここへ呼んだのは俺なのに、こんなことを言わにゃならんとは。だけど、カンジュにこんなざまを見せるんじゃおまえも辛抱ならんだろう。悪いが、子どもたちを連れて早く帰った方がいい。カンジュの夏休みが終わる前にもう一度来たらいい。すまんな、こんなことを言って。そのころにはもうこのへんも静かになってるだろう」

「それは俺が考えて決めるからいいよ。これからどうするって訊いたんだ」

ヨンナムはいらだったように両手をごしごしこすった。

「卑怯な奴らだよ、卑怯な……」

彼はそうひとりごちた。

「そうだな。卑怯な奴らだ。で、どうするんだ？　その卑怯な奴らがおまえに目をつけてるんだぞ」

彼は手をこすりながら短く答えた。

「あいつらのせいで演劇をやめるわけにはいかないよ」

そして私の反発を予想しているように、後ろを向いて暗闇を見つめている。

「あいつらと一戦かまえるってか？　おまえがあいつらと張り合えるか？」

「俺はあいつらには関わらないよ」

「あいつらがおまえを狙っているのに、おまえ一人が関わらないと言ったところで、何になる？」

彼は答えなかった。

女性歌手の軽々しい歌声が、あざ笑う声のように聞こえる。

「しっかりしろよ！　おまえがこだわってるのは何だ。演劇だろ、演劇！　たかが演劇じゃないか」

ヨンナムはせわしくポケットからタバコを出して火をつけ、すぐに闇の中で火花が散った。私はまた言った。

「俺はおまえを理解している。おまえが言っただろ、南朝鮮でおまえを理解できる人間は俺しかいないって。だから言うんだ。おまえが言うとおり、俺たちにとって、罪を償うことは大事だ。俺は、家内とトンベクが死んだことを記憶しつづけるために生きている。まだ生きている理由はそれだけだ。それが俺にとっての刑罰だし、償いなんだ。だけど、この演劇のことだけは、どうしても理解できないんだよ。演劇をやる理由はわかるよ、でも、あくまで演劇だろう。演劇一つがおまえの人生を救ってくれるのか？　そんなに軽いのか、おまえの人生は」

ヨンナムは私から顔をそむけようとして、暗闇の方ばかり見ながらタバコを吸っている。塀のむこうでは大音声のおしゃべりが続いている。

「俺には余裕がないんだ」

彼が言った。そして、まだ私に顔をそむけたまま、タバコの煙を強く吸いこんだ。

「余裕？　何のことだ。誰かがおまえに罪を償えって脅迫でもしたか？」

彼はまた黙った。私はその沈黙に耐えられなかった。

「トンベクがどうして犬を盗んだかわかるか？　トンベクは自分が人の笑い者になることをよく知ってたんだ。いや、あいつは自分から笑い者になりたかったんだよ。自分を虐待したかったんだ。おまえもそうなのか？　あいつらの前で笑い者になれば気がすむのか」

ヨンナムは思いのほか落ち着いた顔で吸殻を軽く暗闇の中に投げた。そして、私とはもう話すことがないというように立ち上がったが、そのとき酔っているように少しふらついた。

「俺のつらさには終わりがないさ」

そう言うとゆっくりと前庭へ回っていった。外からはまだおしゃべりと笑い声が聞こえてくる。

私は怒りを抑えられず、前庭を横切って門の外へ飛び出した。意外なことに、革ジャンの青年のバイクにはチスが乗っていた。二人は兄と弟のように話をしている。私を見つけた青年がチスに目配せすると、チスはバイクの上で何か言い訳しようとしたが、私が怒っていることを知るとすぐに降りてきて家に駆けこんだ。そのようすがおかしかったのか、青年が吹き出す。私は怒りがこみあげてきて怒鳴った。

「ラジオ、小さくしてくれよ！」

家に入ってしばらくすると、ラジオの音が道を下っていった。

朝になるとヨンナムは、何事もなかったように出土地に行く準備をしていた。子どもたちも彼についていった。デモ隊にスパイがまぎれこんでいることを考えると、いやな想像も浮かばないではなかったが、冷静に考えれば子どもには関係のないことだ。それより、もう俳優気取りで淡々としたふりを演じているヨンナムの方が不愉快だ。私は関わらないことにし、ヨンナムは二人をぎゅっと詰めて後部座席に乗せると村を下りていった。

しばらくするとオリンピック讃歌が近づいてきた。ただでさえいやな気分なのに、あんな歌を聞きながらじっとしているのは耐えられない。私は歌を避けて家を飛び出した。

スーツを着た青年たちが村を上ってくる。なぜか彼らが私のことを横目で見ているように思える。単に、この村で年寄り以外の人間を初めて見たせいかもしれないが、そのときは、私まで目をつけられたという不快さを拭えなかった。彼らをやりすごして村の入り口を通り過ぎ、バス停の方へしばらく行ってから振り向くと、いつもと同じように青年たちが老人の脇を支えてワゴン車に乗せていた。

家を出てはみたものの、行くところといったら出土地しかなかった。デモ隊は、ざっと見ても二倍ほどに人数が増えているようだ。あちこちで高らかな声や笑い声が上がっているのは、海のむこうの退役将校の告白で期待も確信も増したからだろう。テントは人でいっぱいで、裏の方には、この前にはなかった新しいテントがいくつも並んでいた。テントからはずっと笑い声が聞こえてくる。坂の上の方には相変わらず機動隊が陣取っており、デモ隊の増加に合わせて兵力を増強したようだったが、デモ隊に比べて脇役に押しやられた印象だ。デモ隊の人たちがテントの中で円くなって座り、討論をしたり、プラカードや垂れ幕、ポスターなどを作ったりしているのも前と変わらなかったが、違っているのはテントの外で人々が巨大な鍋を運んで米をとぎ、食事のしたくをしていることだ。

相変わらず蒸し暑い。ダンプも前と同様、埃をまきあげ、騒音を立てて坂道を上り、巨大な城門を特権のように開けさせて中へ入っていく。タワークレーンの上に熱い陽射しが降り注いでいた。資材を積んだダンプが上ってくると、埃をかぶったデモ隊の人々がにらんだり、不平を言ったりするのもこの前と同じである。

私は人々の中を歩いていった。この活気が老将校の告白のおかげだというのなら、彼らの信念もずいぶん頼りないと思いながら。告白は、一人の人間の苦痛に満ちた懺悔としてではなく、自分たちの主張に都合のいいものとして受け入れられているだけだ。そのせいか、ダンプが砂と砂利を積んで上っていくのを見ると、結局のところこの坂道を支配しているのは人間ではなく、毎日一定量の餌をもらって冷静に大きくなっていくあの建物ではないかという気がする。

ヨンナムはあるテントの中で、黒縁めがねをかけてあごひげを生やした男と向かい合って話をしていた。演劇や文化行事のことが話題なのだろう、二人の会話は穏やかに見えた。チスとカンジュは、ハン・サンウォンとペ・ヨンジュのいるテントにいた。チスは、好意を見せてくれる人には磁石のように吸い寄せられていく性格そのままに、ここでもかわいがられているようだった。外でデモ隊を見物したりスローガンを聞くだけではなく、人々の中に入っていったのは、ヨンナムが二人の大学生と親しくなったせいだろう。カンジュははさみで色画用紙から文字を切り抜いていた。一人の女子大生が隣で同じ作業をしながらカンジュにやり方を教えていたが、表情を見るとカンジュはかなり楽しんでいるようである。カンジュが切り抜いた文字を組み合わせると「泣いている」になった。私は遠くから子どもたちを確認したあと、その場を離れようとしたが、中にいたハン・サンウォンが見つけて走ってくると私をつかまえ、嬉しそうに挨拶した。

「いやあ、いらしたなら声をかけてくださいよ！　こんなところに立ってたりして！　どうぞ入ってお茶でも一杯飲んでください！」

彼はお客を迎えるように私を引っ張りこみ、何度遠慮しても握った手を離そうとしない。仕方なく彼と一緒にテントに入ると、中の人たちにむりやり紹介された。

「みなさん、挨拶して。カンジュのお父さんがいらっしゃいましたよ」

人々はみな振り向いて私に挨拶する。気が重かったが、会釈しないわけにいかなかった。カンジュはこちらを見ようとすらしない。ハン・サンウォンは誰に対してもそうなのだろう、このときも私に大いに好意を表してみせ、自分でお茶をいれて持ってくると、向かい合って座った。

「実はさっき、いい知らせがあったんですよ」

彼はにっこり笑った。

「政府が再調査を受け入れるだろうって話が、朝のニュースで流れたんです」

「本当ですか？」

驚いて尋ねると、彼は笑みを隠してうなずいた。

「間違いないということです。みんな嬉しそうでしょ？　まだ公式発表はされてないから、顔に出さないようにするのが一苦労ですよ。でも確実らしくて、記者はもう全員知っているみたいですよ。お忙しくないなら、今日はずっといらしたらどうですか。ひょっとすると今日はここが、この国の歴史に永遠に残る現場になるかもしれませんから」

ハン・サンウォンの話を聞いている人たちも、笑いをかみ殺していた。ハン・サンウォンは声をひそめた。

「実は今、あっちではお祝いの準備もしているんです」

彼はテントの外を指さした。そばにいた女性が、肘で彼の脇腹をつつく。

「よかったですね。そうすると今後、どうなるんですか。また調査が始まるんですか」

私が訊いた。

「そうですよ」

「今度は真実が明らかになるといいですが」

「次の調査団のメンバーはたぶん、民間からの人選が多くなるでしょう。出来レースの調査発表じゃ、もう誰も信じないですから」

「今度もまた人民軍がやったという結論が出たら、どうなるんですか」

「そうはならないでしょう。米軍のしわざだってことはもう、世間でもみんなが知っている事実ですからね。再調査を受け入れたこと自体、前の調査に欠陥が多かったと認めたも同然です」

それは私の耳には、デモの目的が真実追求ではなく、米軍のしわざだと証明するためだと言っているように聞こえた。

「演劇の話はうまくいきましたか」

私はまた尋ねた。

「ああ、それはもう、間違いなくうまくいきますよ。ひょっとすると今度の夜の文化行事は、勝利のお祝いという意味でけっこう大きなものになるかもしれません。みんな今、そのことで相談しているはずです。本当にすごいタイミングですよ！　今後、真実がちゃんと明らかにされたら、カンさんの趣旨も市民の耳に届くだろうと思います。きっといい反応がありますよ、自信を持って言えます。どっちにしてもあの演劇は、好条件で上演されて成功するでしょう」

彼はそう豪語するのだったが、政府がおいそれと決定を覆すだろうか、疑わしいことだ。決定を覆せば、政府が米軍のしわざだと認め、そのような主張をする人々に屈服したと映るだろう。むしろ私は協会のことが気になっていた。政府が再調査の要求を受け入れたら、彼らはどう出るか。

新たに二人がテントに入ってきて、人々は嬉しそうに挨拶をかわした。そのすきに私は軽く挨拶をして外へ抜け出した。そこに充満する熱気は、米軍将校の告白がもたらした確信を超えて、政府との闘いに勝った喜びから湧いてきたものだ。そう思うと、人々の顔がいっそう輝いて見える。私はテントに近づいてカンジュを呼んだ。娘はこちらを見ないふりをしてはさみを動かしている。もう一度呼ぶと、ぐずぐずしながら立ち上がった。

「何?」

外に出るなり、娘がうっとうしそうに尋ねた。

「昼飯はどうする?」

「ここの人たちが食べるとき、一緒に食べる」

「カンジュ、ちょっと話そう」

「何の話?」

私は娘の手首をつかんで無理やり近所の店まで行き、飲みものを買い、パラソルの下に座らせた。娘は飲みものには手も触れない。

「おまえ、ここに何しに来たんだい」

娘は口を尖らせて、テーブルの上の飲みものを見ていたが、長く投げ出した両足を広げて扇形に動かした。

「あの人たちと一緒にデモにでも行くつもりかい」

娘は私をじろりと見て答えた。

「行ったらどうなの？」

「おまえが何でそんなことをするんだ。遺骨問題で何か意見でもあるのか」

「あるよ。あるからここに来たんだもの」

「何を言いたいんだ？」

大声を出すと、娘は口を尖らせるだけで答えない。

「あの人たちが何を主張してるのかわかってんのか。あの人たちは……」

娘が私の言葉をさえぎった。

「政府が嘘をついてるのはほんとでしょ！　お父さんも聞いたでしょ、再調査するって」

カンジュが大声でそんなことを言うのに驚いて、私はあたりを見回した。通る人たちが娘と私を見つめている。私は声をひそめた。

「いったい、それがおまえと何の関係がある？」

「どうして関係ないの？　誰とでも関係あることでしょ。あの人たちだって、死んだ人の親戚でも何でもないけど、ここに来てるでしょう」

「あの人たちのことじゃない。あの人たちは前から政府に反対しているんだから」

「政府に反対の人が全員ここに来てデモをするわけじゃないわ。そんなはずないじゃないの。正しいことだと思ったから来てるのよ」

「そんな単純なことじゃないよ！　おまえたちには単純に見えても、複雑な面がいっぱいあるんだ。あそこにやたらと首をつっこんじゃいけないよ」

娘はひとりごとのように何か言った。私はそこに汚い言葉が混じっていないかどうか確かめるのが怖かった。思春期に入ってから、口げんか程度のことは何度となくあったが、平然としているのはいつも娘の方だった。カンジュは思い出したように尋ねた。

「昨日の晩に来たのは誰？」

私は拳骨で一発殴られたような気分になって、答えられなかった。

「ねえ、誰？」

娘がまた訊く。

「知らない人だよ」

「あの垂れ幕を書いた人たちでしょ？」

私は答えなかった。

「その人たちでしょ？　北韓のことをすごく嫌ってる人たち。どうして人の家に来て、演劇をやれとかやるなとか言うの、何であんなに偉そうにするの？」

「そうだね。悪い人たちだ」

「あの垂れ幕を書いたんでしょ？」

「そうだよ」

娘は、まわりのことはおかまいなく激昂した声で叫んだ。

「本当にいやな人たち！」

そして顔を覆うと泣き出した。私はあわてて娘が泣き止むのを待った。通り過ぎる人たちがじろじろ見る。娘はやがて唇を嚙んでこらえ、立ち上がった。

「ちょっと座れ」

「どうしてよ。私、戻る！」

「北韓嫌いがいないからか？　だからか？」

「そんなふうに言わないでよ！　私だって自分の考えがあってやってるんだから！」

「俺たちが好かれたり嫌われたりしてるんじゃないんだよ！　みんな、北韓を利用しようとしているだけだ。おまえにはまだわからないんだよ。むやみに首をつっこむな」

「自分でちゃんと考えてるから！」

娘は私を置いてまっすぐ人々のところへ戻ってしまった。

デモ隊は午前中のデモの準備をしていた。デモに出るのは大勢の中の一部にすぎない。坂道は相変わらず熱い陽射しに焼けつくようだ。私はデモ隊を避けて坂道の歩道を歩き、テントの裏の空き地に行った。プラカードと垂れ幕を持った人がデモ隊の先頭を占め、やはりその日も最後尾は仮装行列の人々だ。農夫と女に扮装しているのはハン・サンウォンとペ・ヨンジュに違いない。行進に出る前、顔に太い黒いしわのある女の仮面をかぶった人が衣装を整えているのを、私は偶然ちらりと見ていた。その仮面を見て、何日か忘れていたあの悪夢の中の老婆を思い出した私は、反射的に目をそらした。

行進が始まった。勝利への確信で高揚したデモ隊の声は正義感に溢れ、大きく、力強い。警察が早めに隊列を整え、坂道の途中で彼らを止めに出てきたのは、その勢いのためだろう。デモ隊は警察の前で止まり、メガフォンを持った指導者がスローガンを叫び、拳とプラカードが続々と突き上げられ、続いてスローガンが叫ばれた。だが双方とも、単に格好を整えているにすぎないのは前と同じである。指導者が再びスローガンを叫ぶと、テントの前に立っていたカンジュが子ネズミのように走り出し、隊列にまぎれこんだ。一瞬でかけこんだ娘は大人の中に隠れて顔も出さなかったが、しばらくしてメガフォンを持った人が「無念な魂が泣いている！」と叫ぶと、子どもっぽい腕をすっと突き上げ、みんなと一緒にスローガンを叫んだ。テントに残っていたチスがそれを見て腹を抱えて笑っている。幸い、警察との衝突が起きそうではなかった。私はただ当惑して見ているしかなかった。

人々の関心が政府発表に集まっていたため、その日のデモは前に見たときよりも盛り上がらなかった。この焼けつく炎天下にわざわざ出ていって訴える理由もない。デモ隊はしばらくすると解散し、カンジュは大人たちのあいだに身を隠しながら出てきて、チスと一緒にテントの裏に隠れた。二人はそこで何かはしゃいで笑っている。

人々はすぐに昼食を始めた。ヨンナムとチス、カンジュが人々の中でトレイを持って並んでいるのを見た私は、そこを出て住宅街の食堂に入った。ハン・サンウォンの言葉は本当だった。食事を終えるころ、食堂の壁にかかっているテレビ画面の下に、「速報」というタイトルをつけたテロップが一行流れたのである。「速報――政府、冬季オリンピック選手村工事現場出土の遺骨の死亡原因再調査を実施の予定」。キムチチゲを食べていた何人かの男が、そこがデモ隊の根拠地であることを意識している様子で、小声で、しかしはっきりと「畜生どもめ」と吐き捨てた。

食事をすませてまた出土地へ上っていくと、デモ隊の人たちはもうお互い抱き合って喜び、ある者は泣いている。指導者がメガフォンを持って椅子に上がり、まだ公式発表があったわけではないから軽はずみな行動は自制してくださいと呼びかけていたが、人々の耳にそんな言葉が入るはずもなく、そう言う本人がもう満面の笑みを隠せずにいる。

しばらくのあいだ、坂道は静まっていた。とうとう政府の公式発表が始まると、人々は携帯画面を開き、速報を確認しようと三々五々頭を突き合わせ、やがてあちこちから歓声が湧き起こった。ヨンナムもその中におり、チスとカンジュまで何とかしてのぞきこもうとがんばっている。歓声が坂道を埋めつくし、人々は誰はばかることなく抱き合い、思いきり声を上げ、あちこちで涙が見られた。指導者が感きわまった顔でまた椅子に上がった。

「ついに――我々が――勝利しました！」

人々はいっせいにどよめき、万歳を叫び、飛び上がったり抱きしめ合ったりした。テントの中からは力強い太鼓の音が響き渡り、それに負けじと誰かが鍋ぶたを持って出てきて、しゃもじでたたく。指導者も感激を抑えられず、涙を流している。一人の女性が天を仰ぎ、そこにいるであろう誰かに感謝の祈りを捧げている。今やこの坂道でいちばん無用の存在となった機動隊は、まだ次の指示が出ていないのか、身じろぎもせず、人々を凝視しながら容赦なく降り注ぐ熱い陽射しに耐えていた。

ヨンナムも勝利を祝福して人々と握手し、喜びを分かち合っていた。チスはテントの前で、人々の歓呼を鑑賞するようにぼんやりと立っていたが、一瞬のカタルシスを味わったのか、まるで長年の望みがかなったような感きわまった顔で静かに泣きはじめた。カンジュはその後ろに立っていた。人々から離れ、考えにふけっているように一人うつむいているが、彼女の目からも涙が溢れ、必死で感情を抑えようとしているらしい。二人の子どもが人々の中に入っていく。デモ隊の指導者が椅子の上で、感激した声で歓声を煽り、拍手を始めると、続いて人々の拍手の音が坂道いっぱいに広がった。ヨンナムもいつの間にかデモ隊の一員になったかのように、感じ入った顔で拍手をし、人々と抱き合っている。彼が政府の再調査受け入れを喜ぶ理由はないはずだが、演劇がうまくいくよう、人々に調子を合わせている。

人々はテントの中に大きなテーブルを出してきてくっつけ、臨時の舞台を作った。一人の男性がマイクを持ってその上に上がると歓声を促し、続いて指導者をはじめ尽力してきた者たちを舞台に呼んだ。何人かが順にテーブルに上がり、勝利の感想を述べ、一人の女性は話している最中に涙した。そのとき誰かが後ろから私の肩をたたいた。私と同じように人々の中から抜け出して見物していたのか、演出家が一人で立っている。頭を僧侶のように短く刈り上げてから間もないのか、そのときも彼は挨拶しながら、照れくさそうに頭をさすっていた。

私は演出家と一緒に人々を見守った。彼はよそ者であることを自認しているように、人々の歓呼と感激を見守りつつも、とくに何も言わない。紹介された人たちの番が終わると、一人の女性がチスとカンジュを指さし、舞台に上げるようにと司会者に依頼した。人々は拍手しながら歓声を上げた。チスやカンジュと同世代の子は他にいない。司会者は「未来」という言葉を使い、歴史的瞬間をこれからもずっと記憶する人間として二人を指さし、舞台に呼んだ。チスとカンジュが手を引かれて舞台に上がると、司会者が自己紹介するように言い、カンジュは自己紹介の中で北から来たことには触れなかった。司会者がどうしてここへ来たのかと尋ねると、チスは言い出しっぺであるカンジュに発言権を譲り、カンジュはしばらくためらったあと、人々の拍手に励まされて静かに口を開いた。

「真実を明らかにしなくてはならないからです。何が嘘で何が真実か、みんなに知らせなくてはならないからです」

人々は歓声を上げ、拍手は長く続いた。思いもよらないその言葉は人々を長い余韻に浸らせ、あらためて目頭を熱くさせるものだった。司会者も感動したらしく二人を引き止めようとしたが、子どもたちはすぐに舞台から飛び降りた。

「かわいいですね、子どもらは」

演出家が私を見て笑った。

一人の男性が舞台に上がって歌いはじめ、みんなそれに続いて歌った。荘厳な歌声があたり一帯に響きわたる。人々は自分の歌に自分で感動しているようであり、歌を知らないチスとカンジュもその場の空気に浸りきっているようだった。演出家は出ていこうとし、私が彼を引き止めた。

「ヨンナムがここで演劇をやるという話、お聞きになりましたか」

「あ、はい。朝、ちょっと会いました」

演出家はまた頭を撫でた。

「米軍がやったという内容に脚色するという件も？」

「ええ、それも聞きました」

演出家はきまり悪そうに笑った。

「どう思われます？」

彼はしばらく黙って地面ばかり見ている。

「反対でしょう？」

そう尋ねると彼は顔を上げた。

「それより私は、正直、カンさんの考えがわからないんですよ」

そして爪先で小石をトントンとつついてから、また言った。

「何か、演劇にこだわる理由が他にあるんでしょうか。私にはわからない理由が」

私は思い当たらないと答えた。

「そうですか……」

彼は顔を上げて、人々の方を眺めた。

「私の考えでは……あの演劇はもう、最初に私とカンさんが考えていたようなものではなくなってしまった。人民軍がやったという設定だったら、あの人たちが受け入れると思います？　たぶん、だめでしょう。だったら、あの演劇は政治的なものということになりますね。懺悔劇には本来、政治的意図はなかったんですから」

彼はまた爪先で石を蹴った。

「朝、ヨンナムとどういう話をされたんですか」

「今言ったようなことをです。でも……耳を貸そうとしてくれませんでしたね」

人々が両手を上げて手拍子を打ち、他の歌が始まった。こんどは太鼓がいくつも出てきて、調子をとっている。

「協会から人が来た話はしていましたか」

私が訊いた。

「協会から?」

「その話、しなかったんですね」

「聞いてないです」

私は迷ったが、打ち明けた。

「昨日の夜、協会から二人やってきたんです。ひどく脅迫されましたよ。ヨンナムがデモ隊の人たちと演劇をやることも知ってました。どうやって知ったものやら、おそらく内部に事情を探る人間を送りこんでいるんでしょう。とにかくそうやってヨンナムをアカ呼ばわりして、米軍のしわざだと歪曲して、人を扇動しているって言うんです。演劇をやろうがやるまいが関係ないが、やるなら人民軍のしわざだってことにしろと言い放ってました。米軍のせいにするなら黙ってないぞと」

「それで?」

「それで帰りましたが。でもヨンナムは、びくともしませんでしたよ」

「そうですか……ただの脅しじゃないと思いますがね」

「あんな連中が怖くて演劇をあきらめるのは恥だと思ってるんでしょう」

「ああ……」

演出家はまたゆっくり頭を撫で、地面を見つめた。

「先生も危険だとお考えですよね？」

私が尋ねると、演出家はゆっくりうなずいた。

「政府が再調査を約束したからって、あの人たちが変わるはずはないんです。誰が殺したかとか、犠牲者たちの死がどんなにつらいものだったかとか、そんなことには初めから関心がないんですから。関心があるのは工事で利益を上げることと、それを守ることだけでしょ。地域住民も実はみんな同じですよ。戦争のことや犠牲者のことは、この地域では面倒の種になってしまった。もしかしたら今ここが、全国でいちばん物質主義的な土地なのかもしれませんよ、こんなことになるような理由はなかったんですけどね。そこへ懺悔だの反省だのと言っても、聞くはずがない。むしろ反発されるのが落ちで、危険です。だから私は暫定的に中止しようと言ったんです。あのデモ隊の人たちは、ハイさよならで出ていきゃそれまででしょうが、ここの住民はここで稼いで食べていかなきゃならないんですから。協会が嗅ぎつけなかったらよかったんだけど、カンさんがデモ隊の人たちと演劇をやると知った以上、ただではおかないでしょう。あなたからカンさんによく話してあげてください。危険なだけじゃすみません。飛んで火に入る夏の虫ですからね」

演出家は考えこんでいたが、私に挨拶をして帰っていった。

人々はハン・サンウォンが言ったように、お祝いの席を準備しはじめた。ヨンナムはそこまでは参加する意思がないらしく、子どもたちを捜している。私はヨンナムがバイクを停めたところへ行って、待っていた。

チスとカンジュは喜びで浮かれていた。とくにチスは顔を赤く上気させ、ヨンナムのバイクの後部座席に乗るや否や「走れ、走れ！」と叫び、カンジュもその後ろにくっついて、座席を尻で押して加勢する。ヨンナムがたしなめるだろうと思って見ていたが、彼はそれどころか、二人の子どもを自分の背中にぴったり引き寄せ、私にはバスで帰れと言い、荒々しいエンジン音を立てて子どもたちの浮かれ具合に調子を合わせているようだ。

私は一人でバスで帰ってきた。庭ではチスがまだ凱旋将軍のような表情をして、帰農した女性に借りた自転車で床机のまわりをぐるぐる回っている。そしてデモ隊で習ってきた歌を鼻歌で歌っていた。私も人がその歌を歌うのを聞いたことがあったが、子どもたちはすっかり覚えてしまったらしく、裏庭に座っているカンジュも一緒に歌っている。ヨンナムは庭の片すみで子どもたちを見ながら笑っていた。子どもたちは、勝利の喜びという一時的な感情に酔っていた。私はそっとヨンナムを裏庭に呼んだ。

ヨンナムは私まで政府の再調査受け入れを歓迎していると思っているらしく、弾んだ気分を隠さずに私を見やった。私はそのおどけた仕草を冷たく拒否した。

「おまえ、気は確かか？」

私がそう言うと、ヨンナムは興がそがれて残念だというように私を見つめた。

「政府が再調査をするからって、何をそんなに喜ぶ必要があるんだ」

ヨンナムは私をぼんやりと見た。

「いいことじゃないか。真相ははっきりさせないと。再調査の受け入れは、ともかくも真実には近づくってことだろ」

「おまえ、いつからそんなに虐殺の真相に関心を持つようになったんだ？」

　ヨンナムは寂しそうに、私に背を向けてしまった。

「演出家に会ったよ。朝、おまえも話したんだって？」

「あの人の話はしないでくれ。彼は演劇はやめたんだから」

　ヨンナムが草むらを見つめながら言う。

「あの人もおまえのことを心配していたよ。あの人が言うには、政府が再調査することになっても、協会の人たちは鼻もひっかけないだろうって」

「違うよ」

　ヨンナムは手を振って私の方を向いた。

「あいつらも一歩後退すると思うよ。きのうあいつら、俺をアカって言ったじゃないか？　デモ隊の背後にもアカがいると言ったよな。ところが政府がそんな連中の要求を受け入れたんだから、もう何も言えないだろ！」

「とんでもないよ！　北韓とかアカとか言うけど、そんな言葉は自分の利益を守るために動員しているだけだ。あいつらは、必要ならどんな言葉でも持ってくるよ！　利益に関心があるだけなんだ。それは最初から最後まで変わらんだろう」

「もうやめてくれ」

ヨンナムは疲れたように顔をしかめ、手を振った。

「わかったよ。おまえの言うとおりだ。だけど、それがどうだっていうんだ？　俺を困らせたいのかい？　それならちょっとがまんしてくれよ。言ったろ、俺にはそんなことは何でもないんだって。心配してもらう必要もない」

「おまえ、自分が今何をしているか、わかっているかい？　自分から笑い者になろうとしたトンベクそっくりだよ。演出家がおまえのこと、飛んで火に入る夏の虫だって。俺が見たところじゃ、おまえは犠牲者を追悼する司祭じゃなくて、自分から生贄《いけにえ》になろうとしてるんだ。犠牲の羊だよ」

ヨンナムは何も答えず、縁側の柱にもたれて遠くの山を眺めていたが、ゆっくりと私に背を向けた。

「ウォンギル、久しぶりに会ったのに、それはないよ。頼むから今日は、協会の連中の話なんかしないでくれ。俺は演劇のことがうまくいきそうで、今日はずっと気分がよかったんだ。ぶち壊しにしないでくれ」

そして私に向き直ると、笑いながら続けた。

「俺はむしろ、おまえと気持ちよく一杯やりたいと思っていたのに。そんな気持ちになることなんか、俺たちにはめったにないじゃないか。俺がいやな思いをさせたなら、ちょっとこらえてくれよ」

ヨンナムは鶏舎から卵をいくつか持ってきて私に一個差し出した。私はそんな彼の何気ないふるまいにも無性に腹が立ち、そのまま背を向けて前庭に向かった。

チスはそのときもまだ、床机のまわりを回っていた。だが庭にはすでに山が影を落とし、チスの喜びも興奮も、それと同じくらい冷めてきていたらしい。自転車のペダルを踏みながらくり返し歌っても、あの熱気は帰ってこない。けれどもチスはペダルをこぎつづけた。裏庭から戻ってきたヨンナムと私を見るとにっこり笑ってペダルをこぐ足に力をこめ、声を張り上げて歌ったが、その場に充満する空虚さに気づくと、がっかりしたように表情をこわばらせていった。

チスは自転車から降りなかった。私たちは際限なく庭をぐるぐる回る彼を注意深く見守った。ついにその危ない自転車を止めたチスは、しばらく照れたような笑顔を見せていたが、心配したとおり、まもなくそこに座りこんで泣きだした。カンジュが寄っていき、チスをなだめて縁側に連れていって横にならせた。チスはわびしそうに泣いている。こんなようすを見たことのないヨンナムは横でじっと見つめるばかりだ。

カンジュが枕元に座って、泣いているチスの髪を撫でてやっていた。チスを見おろしながらときおり鼻をすすっていたが、それはチスだけでなく自分の悲しみのためでもあったらしい。いったいこの子たちはあのデモ隊に何を見たのだろう。正義の勝利？　弱者の勝利？　北に好意的な人々が勝ったと思って、嬉しかったのだろうか。

チスはやがて泣きやんだ。そのあともカンジュは暗い縁側に座って、ときどきチスの髪を撫でてやっていた。カンジュの手の下でチスの感情の起伏は徐々にゆるやかになり、やがて幼児のように眠ってしまった。日はすっかり沈み、庭はもう暗い。ヨンナムが夕食を作るために台所に入っているあいだ、私は散歩がてら家を出た。

老人たちはもう眠ったと見え、村全体が静まり返っている。私は村の入り口からバス停留所の方まで歩いてみた。歩いていると、昔、妻と私とでカンジュを育てていたときのことが思い出された。娘が四歳か五歳のときだったろう。カンジュは病気で高熱が何日も下がらなかった。死ぬのではないかと思われた。妻と私は昼も夜も看病し、天地神明に祈りもした。夜にふと寝入ってから目覚めると、縁側でカンジュがチスを見守っていたように、妻が暗闇の中で娘の額を撫でてやっていたものだ。

村に戻って道を上っていくと、後ろからバイクのけたたましい音が上ってきて私のそばをすり抜け、ヨンナムの家に向かっていった。革ジャンの青年は毎日監視するように命令されているらしい。ヨンナムの家に着くと、彼は前日と同じようにラジオを大音声で鳴らし、缶ビールを一本取り出した。女性たちのおしゃべりが庭まで聞こえてきた。

カンジュが夕飯のしたくを手伝い、そのあいだにチスは元気を取り戻して起き上がっていた。夕飯がすむと、チスは昨日のように門の外をのぞきこんだ。私はチスを止めなかった。皿洗いを終えると、約束どおりハン・サンウォンとペ・ヨンジュが訪ねてきた。するとすぐにラジオの音が村を下りていった。

夜、夢で妻を見た。妻に会うのが怖くて、眠っているときも妻が出てきそうになると反射的に目覚めることがあったが、その晩私は妻を拒否しなかった。平和な夢だった。おそらく何年かぶりのことだった。

羞恥

寝床で、ヨンナムが朝飯を作っているカタカタという音を聞いていた。その音が、私をはるかな昔へと誘《いざな》った。

六歳か七歳のときだったろうか。村で暗くなるまで遊んでから帰ると、母に厳しく叱り飛ばされた。その日母は、まるで前からそうと決めていたように、私を庭に立たせて真っ暗になるまで家に入れてくれなかった。暗い庭に、明かりがついた台所の窓からカタカタという音が漏れてきて、私は泣き続けた。その、泣いている子どもの姿が朝、目の前にはっきりと見えた。

午前中はどこか近くに出かけようと思っていた。だが朝食のあとにその話を切り出そうとしてヨンナムのところへ行くと、彼はまるで出勤でもするように出土地に行くしたくをしている。そこに子どもたちまで便乗して、当然のように彼についていこうとしている。まるでこの旅行の目的が最初から出土地探訪だったようだ。勝利の陶酔など蜃気楼にすぎないことをまざまざと目にしたはずなのに、ヨンナムはそんな子どもたちをたしなめもせず、むしろ優しい父親のように、庭のすみに立って満足そうに見守っていた。「優しい父親と素直な子どもたち」という劇が、私をのけものにして平和に進行していく。こんな気味の悪い演劇をがまんして見ていることは、私にはできなかった。

子どもたちが優しい父親に連れられてバイクに乗ろうとしたとき、私はこの演劇を引っくり返す勢いで乗りこんでいき、今朝だけでなく旅行中ずっと、出土地に行くことは禁止だと言いわたした。子どもたちは予想もしなかった事態に驚き、口をあんぐり開けてこちらを見つめている。

「一度行ったんだからもういいだろ。何度も行くところじゃない」

チスはヨンナムをじっと見ていたが、腹を立てて飛び跳ねた。

「どうして！　昨日だって、何にも危ないことなんかなかったのに！」

「また行って何をするんだい。あそこは子どもが行くようなところじゃないんだ」

すっかり青ざめたチスは、バイクの組み立て試技を見て泣いたときのあのナツメの木の下へダダッと走っていった。

「僕、絶対、行く！　昨日、お兄さんたちとも約束したんだもん！」

私は無視した。

「もうデモもやってないじゃない！」

「じゃあ何をしに行くんだ？」

「政府発表があったんだもん、今日はどうなるか見に行かなくちゃ！」

「再調査することになったんだから、もうデモもおしまいだよ。あそこにいた人たちも一人、二人と家に帰るころだ」

「それは行ってみなきゃわかんないし！」

「おまえたちが何でそんなことに関わるんだい？　それはみんな、あの人たちの問題だよ」

「やだ！　行かなきゃいけないんだ！」

チスは助けを求めてヨンナムを見つめた。ヨンナムは私を意識しているようにそこに立ったまま、何も言わない。するとカンジュが、まだ劇は終わっていないと言わんばかりにこれ見よがしに私の前を通り過ぎ、大門に向かって歩きながら言った。

「私たちは行くわ！　連れてってくれないならバスでも行けるし。どうして許可が要るの？」

私の怒りの対象は子どもたちではなくヨンナムだったのだが、その瞬間は両者が区別できなかった。私は自制心を失い、家が浮き上がるほどの大声で怒鳴った。

「だめだと言ったらだめだ！」

しばらくのあいだ、庭に沈黙が流れた。カンジュがまたこれ見よがしに私の前を通ってずかずかと部屋に戻ると、私の怒鳴り声以上に大きな音を立てて戸を閉める。庭のすみに沈鬱なようすで立っていたチスも、持っていたかばんを床机にたたきつけると隣の部屋に入ってしまった。

「早く出かけてくれ。また行くと言いだすかもしれない」

私が言うと、ヨンナムはきまり悪そうにほてった顔で私の視線を避けていたが、バイクに乗って一人で村を下りていった。

興奮を鎮めようとして庭を掃いていると、部屋からカンジュがすすり泣く声が漏れてきた。その声を聞くのがいやで、私はほうきを置いて外へ出てしまった。

老人たちは、決起大会に行くようになってから畑仕事も後回しにしているらしく、昼間の陽射しを避けて畑を見回るべき朝の時間に、村を歩いている人は誰もいなかった。オリンピック讃歌で一日が始まり、オリンピック讃歌とともに帰ってきて一日が終わるらしい。

裏山を登るとき、遠くの方からいつものようにオリンピック讃歌が近づいてきた。老人たちはそれだけを待っていたというように、聞くや否や一人、二人と外へ出て下の方を見る。その姿が、朝の劇と同じぐらいいやだった。平和と調和を歌い上げる声がまた村に響きわたる。演出家が言ったように、政府の再調査の受け入れなど鼻にもひっかけていないらしい。裏山からは老人たちの姿ばかり目に入るので、そこを避けてまた家に下りた。帰ってみてカンジュがまだ泣いていたら、いっそ出土地に行ってしまえと送り出してやるつもりだった。

着いてみると家には誰もいない。床机に放り出されていたチスのかばんも見当たらない。家の外に出て村の下の方を見てみたが、見えるのは老人たちとワゴン車だけだ。子どもらは昨日こっそりデモ隊にまぎれこんだとき、人目をあざむく面白さを知ったのだろうか。

空っぽの家に響くオリンピック讃歌も私をあざ笑っているようだ。私は家を出て、帰農した女性の家に寄り、電話を借りた。ヨンナムは私の話を聞くと、朝の気まずい気分が一掃されたかのように愉快そうに笑った。

「ハハハ！　それ見ろ、強制されたら反発する年ごろなんだよ。完全に一本とられたな。どうするかね。おまえもこっちへ来るか？」

「何がそんなに面白いんだ？　ただでさえ今、また協会の連中が来てるのに。あいつらを見ていたらむかむかしてきたよ。バスでそっちに行くから、子どもたちが来たらつかまえておくれ」

「ハハハ、心配するな。厳しく叱って、見張っていてやるから。でもまあ、行先が行先だからな。妙な場所で悪いことをやらかすような子たちじゃないんだし」

「そんなこと、聞きたくないね」

私は電話を切って、村を下りていった。

村の中腹から、青年たちが老人を連れて下りてくる。そのそばを通るとき、昨日と同じく私を注視する視線を感じて振り向くと、一人の青年が私を見て視線をそらした。それがただの気のせいでなかったことはやがて、村の入り口に残っていた中年男性によって証明された。私が下りていくとき、彼が私からずっと目を離さなかったからだ。私は近づいていって彼を正面から見たが、そのときも彼は視線をそらさず、私がバス停の方へ行くと後ろで聞こえよがしに何事か言いつのったが、よく聞き取れないながらも、「北のクズども」という一言だけははっきりと耳に入ってきた。道を歩いているとすぐ後ろからオリンピック讃歌が近づいてきて、ワゴン車三台が太極旗をはためかせて私のそばを通り過ぎた。

出土地のようすは昨日とさほど変わっていない。感激が通りすぎたあとの、いくらかの虚脱感が漂ってはいた。が、機動隊もその道に置かれた静物のように変わりない。デモ隊の人々は主にテントの中にいる。一部の人がまだ昨日のお祝いの際の残りものをかたづけており、ポスターやプラカードなどデモ用品を作ったり会報を配っていた人たちは、今日はもういない。

あるテントでは何人かが深刻な顔で話し合いをしていたが、彼らのようすには前日の喜びはもう見あたらない。ダンプは淡々と坂道を上り、工事現場を行き来している。そのようすは、政府が再調査を受け入れようが受け入れまいが、青いテントが増えようが減ろうが、機動隊が撤収して少しは見てくれが良くなろうが、お構いなしのようである。それは、ダンプが運びこむ資材を食べて一日に何尺かずつ高く、大きくなっていく丘の上のコンクリートの建物も同じだった。坂道でタワークレーンの方を見上げてみると、黒雲が低くたれこめている。午後には雨が来そうだった。

ハン・サンウォンはあるテントの中で、仮装行列のときに使った小物を整理していたが、私を見ると外に出てきた。彼も一晩じゅう感激で浮かれていたのだろう、顔はむくみ、後ろで束ねていた髪もほどけて垂れ、まるで違う人のようだった。

「昨日はどうしてお帰りになったんです？　カンジュとチスだけでも置いてってくれたらよかったのに。あの子たちに会いたいって人がずいぶんたくさんいたんですよ」

彼は出てくるなり、顔を手で何度も撫でた。

「昨日のカンジュ、ごらんになったでしょう、壇上に上がったとき。ねえ、ほんとにあのスピーチ、うまかったでしょう？　私もすごくびっくりしました。個人的には、あの瞬間が今回の闘争の画竜点睛だったと思いますよ。ほんとに意味のある場面でした」

「意味、ですか？」

「子どもがですよ、ああいう場面に子どもがいて、その記憶が代々引き継がれていくなんて、もう胸がいっぱいです」

私は苦笑するしかなかった。

「それはともかく、今後どうされるんですか。引き上げるんですか」

私は尋ねた。彼はテントの方を眺めた。

「そうですね、まだはっきりしないんです」

「でも、もう機動隊とぶつかることはないでしょう？」

「ないでしょうね。でもしばらくは残っていないと。今後、どうなるかわからないですから」

「また何かあるんでしょうか」

彼は少し考えてから答えた。

「このまま帰ったら、政府の思う壺かもしれないですからね。気をつけないと」

「そうですか？　もう帰って思う存分休めるから、皆さん喜んでいると思ってたんですが……」

そう言って私は笑ったが、それがなぜか彼の機嫌を損ねたらしい。彼は黙って顔をしかめ、静かに言った。

「みんなそう言うんです。昨日、お祝いに地域の人たちを招待したんですけど、そこでも皆さんおっしゃるんですよ、ハハハ、やっと帰るのかって。まるで帰るのを待っているみたいにね。ちょっと寂しかったな。そりゃいつかは帰りますよ、ここに住んでいるんじゃないんですから。今、執行部で今後のことを論議しているようです。もうすぐ決まるでしょう。でも、お祝いの行事はやらなくちゃね。それでやっと演劇もできるんだし」

そして私にむかってにっこり笑った。

「ところで、政府の思う壺ってどういうことですか」

そう尋ねると彼は前に垂れてきた髪をかき上げ、声をひそめた。

「だって実際、そうじゃないですか？　昨日おっしゃってたでしょう、再調査をしても、また人民軍がやったという結論が出ることもありうるんじゃないかって。実は私もそれを心配しているんです。再調査したって、政府が真実を明らかにする保証はないですもんね。このまま帰ってまた同じ結論だったら、私たちが一方的に負けってことでしょ。それからもう一度人を集めるのは大変です。政府はそれを狙ってるんじゃないですか。だから、慎重に動かないと」

それもやはり、真実の追求よりも自分たちの正しさを主張したがっているだけのように思われた。デモ隊が対外的には真実の追求を掲げていることを思うといい気分はしない。私はもっと訊いてみたかったが、彼が答えづらいだろうと思ってやめた。すると彼の方が私の心を読んだのか、人々を眺めながらひとりごとのように言った。

「米軍がやったってことは確かですよ」

彼は念を押すように言うと、固く口を結んだ。そして、また髪をかき上げると挨拶をしてテントに走っていき、振り向いて叫んだ。

「これでやっとまともに演劇の練習ができますよ！」

彼と別れてまた坂道の方を振り向いてみた。あの言葉を聞いたあとでは、昨日この道を埋めていた人々の熱気と涙、歓喜の声が疑わしく思われた。あれは亡くなった人たちのためだったのだろうか。ハン・サンウォンのように、自分たちの信念が世の中に知れわたることを願っただけなのか。

テントでは会えなかったヨンナムが坂道の下から、カンジュを乗せて上ってきた。彼は私の前で止まってヘルメットを脱ぐと言った。

「ちょっと話が」

彼は私を道のすみに連れていった。

「まずいことがあってな。子どもらがこっちへ来る途中に、下の住宅街であの革ジャンの奴に会ったらしい。そいつがチスに、バイクに乗せてやると言って町に連れ出したっていうんだ」

「協会から来たあいつか？」

「うん、あの若い奴。一回りしてくると言って出てったそうだが、まだ帰ってこない」

そして腕時計をのぞき見た。

「何だって？」

「心配することはない。チスが乗せてくれってせがんだんだろう」

「連れてってどのくらいになる？」

「一時間ぐらいだな」

私はカンジュに訊いた。

「見たとおりに言ってごらん。何でチスはその人についてったんだ？」

カンジュは言い訳するように答えた。

「バスから降りたらあの人が呼んだのよ。行っちゃだめって言ったのにチスが寄ってって……二人で話してたと思ったら、町を一回りしてくるって行っちゃったのよ。私、だめだよって言ったのに……」

「何てこった。よくもまあ、だましやがって」

娘はうつむいて何も言わなかった。

「町を一回りするのにどれくらいかかる？」

私はヨンナムに訊いた。

「それは行き方によるけど……あんまり心配しなくていいよ。バイク好きが二人集まりゃ、ちょっとぐらい遠出することもあるだろう、走るには田舎の方がいいからな。もうちょっと待って帰ってこなかったら、俺が捜しに行くよ」

「チスはおまえの携帯番号を知ってるよな？」

「知ってる。何かあれば電話してくるだろう、心配するな」

だが、不吉な思いがよぎらないわけはなかった。しばらくあと、ヨンナムが町に出て一回りし、次に私も一緒にあちこちを回ってみた。私たちは郊外の方に出てみる前に駅に寄った。もしかして協会がよからぬことをするかもしれないと思ったからだが、二人とも、そんな不吉なことを口にはしなかった。

入ってみたが、いない。あの年頃の連中が行きそうなところには、目につく限りけだるさの漂う駅前広場に、騒々しいオリンピック讃歌をバックに老人たちのスローガンが力なく流れている。決起大会の初日と同様、スーツを着た青年たちがデモを仕切っている。私たちはそのまわりと駅舎をくまなく見回った。チスも革ジャンの男も、彼のバイクも見つけられなかった。

少なくとも何かが起きたことは間違いない。協会がチスに何か悪さをしたとは思えなかった。ヨンナムの目玉をえぐり出してやるとは言っていたが、何の関係もない子どもに悪さをする理由があるだろうか。革ジャンの青年が子どもっぽい性分で、チスと一緒にいたずらしているだけのように思われた。私はわざと、決起大会を主導している青年の前に行って彼の目を引き、私に気づいたそのそぶりから、何か隠していることがないかをうかがおうとした。だが青年たちはいつもと変わらず、私には関心がないようである。

再び市街地に出て見回ったあと、ヨンナムの村に戻って家と村の周囲を捜し、しばらく郊外の方も回ってみた。そのころになっても電話一本ない。時が経つにつれ、いよいよ疑わしいのは協会であった。事故でないなら、彼らが何か罠をしかけたのだ。

雨が降りそうだった。私たちはまた町のあちこちを捜し回ったが、午後二時過ぎ、何度も行ってみたファストフード店のショーウィンドーの中をのぞいているとき、初めてヨンナムの携帯電話が鳴った。電話に出るや否やヨンナムの顔はこわばり、店の脇の人のいない路地に飛びこんだ。いつのまにか雨が降りはじめたらしく、ヨンナムがいたところに雨粒の跡が残っている。協会からの電話だと私は直感した。

ヨンナムは路地の奥で、土気色の顔をして立っていた。

「あいつらか？」

私は訊いた。

彼は魂が抜けたように立っていたが、振り向いて、小さな商店が一軒あるだけのがらんとした路地の中をのぞきこんだ。

「訊いてるだろ、誰なんだよ！」

私が声を上げると、やっと彼は私の方を向いた。

「そうだ。あいつらだ。あの鼻ひげを伸ばした……あいつの声だと思う。子どもを連れていったから引き取りに来いと言うんだ」

彼の声はかすかに震えていた。

「引き取りに？　何をしようとしてるんだろう」

「演劇をあきらめるという念書を書けって言うんだよ。ふん、それが理由なんだな。そのために子どもを誘拐するなんて、あいつら、たいがい幼稚な連中だ」

彼はポケットからタバコを取り出してくわえた。

「チスは無事か？」

「そう言っている」

協会のやったことなら理由はわかりきっているから、驚くにあたらない。だが、なぜたかが十五歳の子どもを連れていくのだ？　演劇ごときがそんなに大したものか？　それに彼らの事業にしても、ここまでやらなければならないほど大したものなのだろうか？　でなければ、水から上がったカエルを理由もなく串刺しにするのと同じで、私たちのような後ろ盾のない弱者をいじめたら、すっきりするのだろうか。

ヨンナムは路地の中をのぞき見ながら黙ってタバコを吸うばかりだ。私は彼が怖かった。何を考えているのか、知りたくない。

「引き取りに行こう」

私は言った。彼は答えない。

「何を考えてるんだ？」

彼はタバコの煙を吐き出すだけだ。

「俺が連れてくるよ。どこだって？」

私がそう言うと彼は静かに振り向き、私を見つめた。ためらうような彼の視線を私は避けた。

「時間がないよ。チスが今ごろまた発作を起こしているかもしれないよ」

「警察に通報したらどうだろう？」

彼が用心深く尋ねた。私はもう我慢できなかった。

「どうして？　引き取りに行けばすむものを、何で通報する？」

「あんな奴らに屈服するのは、いやだ」

「屈服？　子どもが誘拐されたってのに、おまえのプライドが問題か？　自分のことしか考えてないんだな」

彼は私から顔を背け、また路地の中を見ていた。そこには店が一軒あるだけだというのに。私はこの無意味な行為に我慢できなかった。

「人の子を預かっておいて、誘拐されたって言うわけにいかんだろう。念書さえ書けば簡単にすむんだろ？　ことを荒立てる必要はないじゃないか。早く念書を書け。住所を教えてくれよ、子どもは俺が連れてくるから」

彼は私に背を向けたまま、何も言わなかった。タバコを持った彼の手が、寒さを感じてでもいるように震えている。

「早くどこにいるのか言ってくれ！　念書も書けよ！」

背を向けている彼の正面に回りこんで、私はにらみつけた。彼はうつむいていたが、静かに顔を上げた。彼の顔は羞恥で赤く染まっていた。私は彼の胸ぐらをつかむと塀に押しつけた。

「すぐに書け！　さもないと首根っこをへし折るぞ！」

彼は胸ぐらをつかまれたまま、苦痛に満ちた視線で私を見つめた。

「おまえが行ってくれ。すまない……」

彼が目をそらした。私は手を離し、彼のポケットを探って携帯を奪い、協会に電話した。電話に出た声は、鼻ひげを伸ばした男のものに間違いなかった。

「カン・ヨンナムの友人ですが、私が行きますので住所を教えてください」

彼の声は冷たかった。

「何でおたくが来るんだ。あいつに来いと言え」

「念書さえ書けばいいんでしょう？　また演劇をやったらそのときはどうなっても構わないと」

「おい、興奮するな。それに、おたくとは関係ない話だろう」

「あの子の保護者は私です！　自分の子も同然です。念書を書くなら私ですよ」

男ははっきりしないことを呟き、そばにいる誰かと相談しているらしい。私は待った。彼らはひそひそ話をしている。彼ら。村の老人たちを見ながらずっと想像していた彼ら。

「いいだろう。それじゃ来い。それと、来る前に一つだけ約束しろ」

「何を？」

「こっちへ来たら、今みたいに興奮するなよ、いいな？」

私は住所を聞いて電話を切った。ヨンナムは塀にもたれて背を向けていた。

「チスを連れて来るから、家で会おう」

彼は動かなかった。私は路地を出てタクシーをつかまえた。振り向くと彼はまだ、店が一軒あるだけの路地の奥をじっとのぞきこんだままだった。


タクシーは町を横切り、閑静な住宅街の小さな四つ角に止まった。鼻ひげの男が言った場所は、その一角にある三階建ての、日陰になった古い建物である。三階のガラス窓にはセロハン紙を切って作った文字が貼ってあり、いちばん端の文字「会」という字が半分ぐらいはがれてぶらぶらしている。タクシーの中で想像していたのとあまり違わなかった。この土地生え抜きの有力者だから、あえて自己宣伝する必要はないのだ。十五歳の子を誘拐して駆け引きに及んでも少しも恥じない連中だ。彼らは自分の行動がまともだと思っているのだろうか。ただのごろつき連中なのだろうか。だがその建物の前に立ったときも、彼らが相手にしているのは北から脱け出してきた貧乏人だという事実にしか思いは及ばなかった。自分の利益のために老人たちを連れ出して炎天下に立たせておくような人間にとって、飢えに苦しんで逃亡し、他人の国に助けを求めた私たちほど取るに足りない者がいるだろうか。

建物に入って二階に上がっていくとき、スーツを着た青年二人が上から下りてくるのにぶつかった。二人は私を見るや否や会話をやめ、黙って下りていった。三階には事務室とトイレしかない。私は事務室に入った。思ったより広々とした室内では、二人の青年が道路に面した窓ぎわに立って、外を眺めている。紺色のソファーに鼻ひげの男が斜めに横になり、テレビを見ていたが、私に気づくとすぐにテレビを消して立ち上がり、近づいてきた。

「カン・ヨンナムの友人か？」

「そうです。子どもはどこにいますか」

彼は私の言葉を無視し、窓ぎわの青年たちに向かってあごをしゃくり、何か指示した。青年たちは事務室の中の部屋に入り、そこにいる誰かに私が来たことを報告した。

「カン・ヨンナムの野郎が来るべきなのに……まあ、おたくでも会うそうだから中で話せ。念書はあとで書けばいい」

「会うって、何のことです？」

「会長が話があって呼んだのさ」

「会長？　今、呼んだと言ったか？　なあ、俺は誘拐された子どもを引き取りに来てるんだ。要らんことばかり言ってないで、子どもを出してくれ！」

鼻ひげの男は私をじろじろ見たかと思うと、力をこめて小声で言った。

「電話で言っただろ、ここに来たら興奮するなと。まあいいさ、理解できんだろう。だが、入って話はしていけ。俺と話したって何にもならん。子どもは無事だから心配するな。長くはかからん、ちょっと話を聞いて出てくりゃそれでいいんだ」

「話なんぞ聞く気はない。早く子どもを出してください。念書は書くから」

鼻ひげ男は私を黙って見つめた。それは一種の脅しである。

「子どもを連れ出したのもみんな理由があってのことなんだぞ、この野郎。俺たちがごろつきだとでも思ってるのか?」

「理由? どういう理由です、その話から先に聞こうじゃありませんか」

「だから中へ入って聞けと言うんだ」

「おい! 年端もいかない子どもを勝手に連れ出しておいて、なに大声を出してるんだ!」

彼が声をひそめた。

「小さい声で言え。おたくは何もわかってないな。通報されないだけ運がいいと思え」

そのとき中の部屋から、凛とした老人の声が響いてきた。

「何だ、騒々しい」

鼻ひげ男はもう話すこともないというように、いきなり私の腕をつかむとそっちの方へ連れていった。私は部屋に入らずその前でとどまった。

「子どもを連れて帰りたいなら、入れ」

鼻ひげ男が私をにらみつけた。

「子どもが無事だってことを見せてほしい」

「何だと？　こいつ、俺たちをごろつきだと思っているのか。おい、この野郎！」

また老人の声が大きくなった。

「おい、チョ室長。いったいこの騒ぎは何だ」

鼻ひげが無理やり私をひっぱって中に入った。窓際のデスクに座っている老人が私をにらむ。

「お茶を持ってきましょうか」

鼻ひげがそう言うと、老人は手を振って制し、ゆったりと机越しに椅子を勧めた。

その椅子に座るのは屈辱だったが、鼻ひげ男を相手にするよりこの老人の話を聞いた方が早くチスを連れて帰れそうだ。それに、チスさえ安全なら彼らの「理由」とやらを聞きたかったので、私は椅子に腰かけた。

白髪で肌の荒れた、七〇代初めぐらいと思われる老人だった。後ろの窓のブラインドのすきまから陽射しが漏れ入っていた。私が座ったあとも彼は何も言わずデスクの上を見つめていた。暑い日にもかかわらずきちんとスーツを着ていることさえ除けば、見た目はヨンナムの村の老人たちとさして変わらない。ただ、彼からは何らかの「確信」のようなものが感じられ、それで子どもの誘拐の説明がつくのかどうかが気になる。

呼び立ててここに座らせておいて、何も言わないのが不愉快だった。ブラインドのすきまから入ってきた陽射しが、彼が視線を向けているデスクの上に縞模様を作っている。彼は一人うなずき、長いため息をつくと、指先でデスクの上をトントンたたいた。まるで、こうやって私を目の前に座らせておくことさえ面倒でたまらないというように。

「北韓から来たとな？」

彼は顔を上げて私を見つめた。私は答えなかった。

「北韓のどこからだ？」

「そんなのんきな話をしに来たんじゃない。どうしてあの子を連れ出したのか言ってください」

彼はうなずいた。

「子どものことは心配ない。大事にかくまっておけと言っておいたから、そうしているだろう。まあ、どうせ来たんだからちょっとゆっくり話でもしていけ」

「他の話などする理由がありませんよ」

彼は、椅子の背あてにもたせかけていた上体をゆっくりと起こした。

「そうだな。じゃあ、その話からするか、心配だろうから。子どもを連れていったのは、ちょいと君たちと話がしたかったからだ。こうでもする以外方法がなかったのさ。普通に呼んだって来やしまい？　しょうがなかったのさ、子どもにはちっと難儀させたがね」

「難儀ですって？」

私がそう言うと、彼は突然私をにらみつけた。

「君は何もわかっとらんな。ガタガタ言わず、落ち着け」

そして軽蔑するように私を見て、また指先でデスクをたたく。

「さっきの質問に答えろ。北韓のどこから来た？　中国経由か？」

「いったい何を言いたいんです？」

彼は仕方ないと言いたげにため息をついた。

「では本論から言おう。その方がわかりやすいだろう。今、自分が置かれている状況がのみこめていないようだから」

そして両手をごしごしとこすりあわせた。

「昨日わしが、知り合いに訊いてみたんだが」

彼はタバコを一本取り出してくわえ、火をつけた。

「知り合いといってもただの人じゃない、法曹界にいたことのある人間だ。彼のところに行って、頭の痛い問題があるんだがどうすればいいか訊いてみたのさ。北韓から来た脱北者が二人、戦争当時に米軍が市民を虐殺したという話を捏造して、人々を扇動する演劇をやろうとしているんだが、どうすればいいかとね。その人も驚いて、いったい何のことだと訊くんで、わからんと答えたよ。だってわからんのだからなあ。するとその人が、どうしてすぐに通報せんのかとわしをなじるんだな。すぐに監獄にぶちこめるのに、と」

彼は灰皿にタバコの灰をトントンと落とした。

らいになる?」

「実際、わしもそう思っていたのさ。だから確認したくて訊いたのだ。君、こっちに来てどれくらいになる?」

私は答えなかった。

「どれくらいになるかわからんが、この社会がその手の問題にだけは寛大じゃないってことぐらい、知っているだろう。わしはその人の話を聞いて、昨晩はたいへん悩んだよ。通報してさっさと解決してしまうか、それとも、苦労して脱北してきた人間なんだから、一度こっちへ呼んでチャンスを与えてやろうか、とね。君に子どもがいることも聞いていたしな」

彼が吐き出すタバコの煙が、ブラインドのすきまから入ってくる陽射しの中に広がっていった。

「わしが通報していたら、今ごろは子どもを連れて帰るどころか、子どもの顔も見られなかっただろう。どこかへ連れて行かれて調査を受けているだろうよ。君らに何ができる? 正直、この社会で君らに何の力がある? 金があるか、後ろ盾があるか? そんな立場で何でこんなことをするんだ。どんなに危険なことをしているかわかってないようだな。わかっているはずがない。わかってやっているなら北のスパイだしな。とにかくそういうことで、通報するのはやめて、ちょっと君らを連れてくるように手配したのさ。そうしたら子どもを連れてきちまったらしい。さて、どうするね。子どもの問題ではない、君らの人生が左右されるんだよ。それでも幸運だぞ、通報されずにここに呼ばれただけでも」

彼はタバコをもみ消し、また背あてに体をもたせかけて、遠い目をして私を見つめた。

「君もこっちへ来るときは苦労しただろう。それでさっき訊いたのさ、どこからどうやって逃げてきたかと。そんなに苦労してきた人たちを監獄に送るのは残念なことだからな。それに正直言って、君らは北のスパイとかアカという感じがしないのでね。な？　わしも人を見る目があるだろう。そうでなかったらわしが大きく判断を誤ったことになるし、ここへ呼んで話をしていること自体大問題だが。どうだ、わしの判断は間違ってないか？」

私は答えなかった。彼は黙って私を見ていた。

「むしろわしの目には、ちょっと間が抜けて見えるな。ひもじくて、苦しんでここまで逃げてきたのに、演劇だなんて、何と言ったらいいのやら。それで呼んだのだよ。とにかく、君らが置かれた立場がどういうものか教えてやらにゃならんし、何のつもりでこんなことをやってるのかも訊いてみようと思ってな。要するに気になるんだよ。どうだ、腹蔵なく話してみんか」

彼がもんで消したタバコの吸殻から、細く煙が上がっていた。私はその煙だけを見ていた。彼は黙って私の言葉を待っている。

「だからといって、子どもまで連れていくなんて」

彼は椅子にもたれていた上体を起こして私をにらみつけた。

「まだわからんか？　君は今、子どものことを気にしてる場合じゃないんだ。優しく言っているうちに理解しろよ。通報したらすぐに捕まるというのが脅しとでも思ったか？　だったら、原則どおりにやってやろうか。その方がわしは楽なんだ。わしが何で事情を訊いてやっていると思う？　さっきも言ったが、こうやって呼んでやったのはチャンスを与えるためだ。まだ自分のことがわかってないのか」

彼の言葉が事実であれどうであれ――いや、事実だとは思った――私もそのときは、チスを連れていったことだけを問題にしたいのではなかった。

「演劇をやりたい理由が知りたいということですか」

「そうだ。北から逃げてくるときにはみんな死線をくぐるというじゃないか。そんな目にあってこっちへ来たなら、豊かに暮らせる方便を見つける努力をすべきだろう。どうして演劇なんぞやろうとするのだ、しかも、ありもしないことをでっち上げてまで」

彼に答える言葉はなかった。実際、私にも理由などわからないのだから。私がためらっていると、彼が外へ向かって叫んだ。

「おい、チョ室長！」

鼻ひげ男がドアを開けて入ってきた。

「冷たい茶を二杯持ってこい」

鼻ひげ男がドアを閉めて出ていくと、老人はまた黙っていた。やがてスーツを着た青年が来て、緑茶を二杯置いていった。

私は言った。

「その演劇は、米軍が虐殺をやったと扇動するようなものではありません。死んだ人々を追悼するためのものです。無念に死んでいった人たちの霊を慰め、懺悔するという趣旨だと聞いていま す。それにあの演劇は、もともと他の人がやろうとしていたものです。その人ができなくなった ので、友人が引き継いだのです」

「その話なら聞いた。それでわしも、君らはアカではないようだと思ったのさ。本来は神父だか 誰だかがやろうとしてたのを引き継いだらしいとな。それと、懺悔? なあ、君らはそんなに暇 なのか? どうして君らが出ていって芝居までやらにゃならんのだ。神父がやろうとするのは理 解できるよ、それが仕事だからな。だが、君らはいったい誰だ、事実を歪めてまでそんなことを やるとは」

彼が声を高めた。

「あの演劇は政治的なものではありませんよ。それ以上は私もわからない。友人がやっているこ とだから」

彼は手を振って言った。

「いいや、そんな言い逃れはするな。君こそよく知ってるんだろう。なあ、少なくともわしに通 報させないよう説得すべきだろ。そんな説明で勘弁してやれると思うかね」

「演劇をやろうにも、俳優がいなくてできなかったんだそうです。それで仕方なく、デモをやっ ている人たちの力を借りようとしたと聞いています。そのために台本も直したそうです。ともか く、どっちが犯人だろうと関係ないということだ、政治的な目的があるわけではないから」

「政治的かそうでないかは君らが判断することじゃないな。このやかましいご時世に、事実を捏造しておいて政治的な目的はありませんと言い張ったところでなあ。つまり、あのデモをやっている連中と一緒にやるために台本も直したってことか？」

「そうです」

「いかれとるなあ」

彼はまた椅子の背当てに体をもたせかけ、長いため息をついた。彼はしばらく壁を見ていたが、私の方を振り向いた。

「それも、相当いかれとる。君の友人のその男も完全にわからず屋だな、今の世の中がどういうふうに回っているかわかってない。警察より精神病院に連れてった方がよさそうな奴だね。懺悔だって？　いったいあのばか騒ぎは何だね、死ぬ思いをして演劇をやりに南に来たとでもいうのか。ちょっと怪しいんじゃないか」

その理由は私にもわからないのだった。

「あいつは、こっちへ来る途中で自分の家族を全員なくしたんです。だから罪の意識を持っているんです。それで、家族の代わりにとでもいうのか、無念のうちに亡くなった人たちの魂に謝罪したいという気持ちがあるんでしょう。他人には簡単にわからないことだと思います」

「家族に謝りたくてこんなことをする、だと？」

「そうです」

「それだけか？」

「それ以上のことは、私も知りません」

「いや、それが本来の理由かということだ」

「そうです」

「なるほどねえ……それを信じろというのかね」

「最初に演劇をやろうと声をかけたのは神父で、それで一緒にやる決心をしたと聞いています」

「いや、このやかましいご時世にだね、家族にすまないからそんな演劇をやるって話を信じろと言うのかって、それを訊いてるんだよ」

私は答えなかった。

「頭がおかしいよ、そいつは」

彼は興奮して私をにらんだ。そして緑茶を一口飲み下すと、荒々しく茶碗を置いた。

「本当にそれだけの理由か」

「私が知っているのはそれだけです」

彼の顔は紅潮している。

「君らは、オリンピックが何か知っとるか？ それがどういうものか？ 今は国民が力を合わせてオリンピックを迎えようと努力してるのに、何だね、家族に謝罪をしたい？ そんなことをだね、信じるべきか、どうなのか……」

彼は立ち上がった。そして両手を腰に当てると私をにらみつけ、振り向いて壁を眺め、またため息をついた。

「先ほども言いましたが、当事者でなければ理解できないことなんです」

私が言った。彼は決心したように椅子に座った。

「おい、このたわけ、何で理解せにゃならんのだ。全国民が応援しているオリンピックを台無しにして、それを理解しろだなんて。話になるか、そんなこと……」

彼は私をにらみながらため息をつき、椅子を回してブラインドのすきまから外を見下ろした。そのしかめ面には悔恨の色が見てとれた。さっさと通報しなかったことを後悔しているのかもしれない。だが彼がまた椅子を回して私を見たとき、その声は少し落ち着いていた。

「君は南韓に来てどれくらいになる」

「四年になりました」

「かなりになるな。わしはまた、昨日今日来たばかりかと思った。ずいぶんこっちの事情に疎いようだから」

そしてまた心を落ち着けようとするかのように、ゆっくりと茶を飲む。

「なあ、君はオリンピックが何のためにあるか知っているかね」

私は答えなかった。

「北韓では平和の祭典というんだったかな。いや、こっちでもそう言うのか。世界人類の祭典とかもいうな。それは、出場する人間の言うことだよ。主催する側にとってみりゃ、オリンピックは簡単にいって商売だ、商売！　それ以上でも以下でもない。オリンピックを誘致するのに金がいくらかかっていると思う。君なんぞ想像もつかない膨大な額だぞ。そんな金をつぎこんでおいて、商売でなきゃ何だ？　使っただけ儲けなくてどうする。慈善事業でもやっていると思うかい？　それに、そもそも儲からないなら何であんなに必死になって誘致すると思う。他の国だって同じだ。世界平和のために頑張ろうってか？　全部、金のためだ！　経済効果という言葉の意味も知らんのか？　資本主義が何なのか、まだわかっていないのかね？」

彼はしばらく息を整え、話を続けた。

「今この地域が、オリンピックによって経済を盛り上げようとしてどんなに苦労していると思う。この国には飢える心配がないとでも思うか。みんな、オリンピックを契機に少しでも景気がよくならんかと、気が気じゃない思いで期待しているんだぞ。外に出て、道を歩いている誰でもいいからつかまえて訊いてみろ、オリンピックに何を期待しているかって。経済効果だよ。懺悔だって？　そんなことを望むかと訊いてみろ」

「どっちにしろ、演劇はやりませんから」

私がそう言うと、老人は待っていたと言わんばかりに言い返した。

「君は今、監獄に送られようとしていたのを助けられてここにいるんだ。演劇をするかしないかなんて選択肢は、もうないのだよ。監獄に行かずに済んだことに感謝したまえ」

彼はしばらく息を整えると、新しいタバコをくわえた。彼の言葉はヨンナムより明快だった。この人の言うとおり、子どもをしばらく連れ回すぐらい大したことではないのかもしれないと思えてきた。

「君はソウルオリンピックも知らんだろう。知らんはずだな、四年前に南に来たのなら。あれを経てこの国では、飢え死にする者はいなくなったんだ。ソウルに高層ビルが無数にできて、道路に高級車がぎっしり並ぶようになったのはみんなあれ以降だ。全部オリンピック効果だったんだ。オリンピックはそれくらい大したもんなんだぞ」

「わかりました。もう結構です」

しかし彼はやめなかった。私をにらんで、興奮したような声で尋ねた。

「君は何の仕事をしとる？」

私は答えなかった。

「言ってみい。食っていくためには何かやっとるだろう」

「家具工場で働いています」

「家具工場？　肉体労働か？」

「そうです」

「あの、君の友人は？」

「体の調子がよくないので、休んでいます」

「体の調子がよくない奴が、演劇をやる元気はあるのか。まったく」

彼はちょっと考えてから言った。

「なあ、君は話が通じるようだから最後に一言言っておこう。君のためを思って言うんだぞ。よその国から来ておいて、そこの社会にどうやって適応すべきかも知らずに、いったいどうやって生きていける？　子どもがいると言っていたな？　その子をこの先、どうやって育てていくんだ？　一生家具工場で肉体労働をするつもりか？　年をとったら使ってもらえなくなるぞ。そんなふうに暮らしていたら、ここじゃ一生最底辺だ。ちょっとは頭を使わにゃ、楽な暮らしはできん。君だって正直、食うものもなく、生きていけないから北を出てきたんだろう？　それなら一生けんめい働いていい暮らしをせにゃならんだろう。資本主義の国に来たんだから、そこの法則に従わにゃ。資本主義社会でよく生きるとは、たくさん儲けることだ。この国では飢え死にする者はいない。それでも皆、金を儲けようとして、金持ちになろうとして頑張っているんだ。それでこそ社会が発展するんだよ。

大統領が何をしているか知ってるかね。北韓みたいな、国民の父だとか首領だとかいうのとは違う。ビジネスマンなんだよ、わかるか？　大統領が金儲けのために奔走しとるのだよ。今デモをしている連中は、政府が要求をのんで喜んでいるだろうが、お笑いにもならん。あいつらは自分の椀の飯がどこから来ているのかもわかっとらん。結局、何にも手に入れられないよ。何が欲しいのかね、あいつらは。オリンピックという巨大な祭典を準備しているのに、それに対抗して正義だの懺悔だのと騒いでどうする気なんだ、それも六十年以上前の戦争のときのことで。あんな知恵のない連中もないよ。さあ、もういいから、今後はもう演劇なんて夢を見るのはやめて、一生けんめい金儲けを考えるんだな。少しは欲を持て。それでこそ、こっちへ来た甲斐があるだろう」

老人はデスクの引き出しを開け、白い封筒を出すと、私の方に向かってデスクの上をすべらせた。

「帰って、友人に伝えろ。今回は通報しなかったが、この先またこんなことがあったらそのときはいちばん簡単な方法で処理するからとな。それから君は、見た限り、これからもまじめに生きていく男だと思う。何か困ったことがあったらわしを訪ねてこい。助けてやれることもあるだろうから。これは取っておけ。子どもにうまいものでも食べさせてやれ、苦労させたんだから」

私は立ち上がった。封筒は受け取らなかった。

「大した額じゃない、受け取っても恥にはならん」

私が封筒を置いていこうとすると、彼がそう言った。私はそのまま出ていこうとした。

「おい、持っていかんか」

彼が腹立たしげに私を見つめる。そのまなざしにはある意図がこもっており、私はそのまま部屋を出た。すると彼が後ろから叫んだ。

「チョ室長！　この封筒を持ってってあいつのポケットに突っこんでこい、絶対だぞ。金が嫌いなところを見ると、やっぱり怪しい奴には違いないな」

鼻ひげ男が私の横をすり抜けて中へ飛びこみ、出てくると私に近寄って強く言った。

「ガタガタ言うなと言っただろう。黙って受け取れ」

私が受け取らずにいると、鼻ひげ男は封筒を私のポケットにねじこんだ。私は封筒を引っ張り出すと彼に突き返した。

「こいつ……」

彼は殴りかかろうとするかのように手を挙げた。

「子どもを連れてきてください」

「早く受け取れ」

「いやだ」

「取っておけ、この野郎！」

彼はまた私のポケットに無理やり封筒をねじこんだが、私はありったけの力でその手を振り払った。すると彼は封筒を半分に折って私の口に押しこんだ。

私は封筒をポケットに入れた。鼻ひげは興奮した息を鎮めると私の腕をつかみ、デスクのところへ連れていく。私は「これからは演劇はやらないし、今後やった場合はそれによって起きる事態に対して理由も責任も問わない」という内容の念書に署名した。鼻ひげはスーツ姿の青年に私を連れていけと手振りで示し、私は青年のあとを追って事務室を出た。

外では雨が降っていた。青年は階段を降りて建物の入り口に立つと、雨のことをうっかり忘れていたというように拳を手のひらに打ちつけた。スーツが濡れるのがいやなのだろう。仕方なくそのまま雨の中へ飛び出した彼は、建物の裏のひっそりした空き地の片すみにある、資材置き場にでも使っているらしいコンテナの前に私を引っ張っていった。コンテナの引き戸の握りには小さなかんぬきがかけてある。雨に打たれたその小さな金物を見たとき、私は初めて悲しくなった。青年がスーツに落ちた雨だれを払いながら、ポケットから鍵を出してかんぬきを開ける。彼が先に立って中に入った。両側にこまごまとした資材が積んであり、そのいちばん奥にチスが、見知らぬ場所に置かれた猫のように座っていた。チスは私のことさえ警戒しているようにじっと見たが、私はすぐにチスを連れて出た。

「何をされた？　殴られたか？」

私はチスに訊いた。チスはすっかり青ざめた顔で私を見やった。

「殴られなかったよ。ただ、ここにいろって言われたからいたんです」

「言いたいことがあれば今言わないとだめだよ。本当に殴られなかったかい？」

「うん。ただ、ずっとここに座ってました」

青年はかんぬきをかけて、情けなさそうに私を見つめていた。そしてまたスーツを意識しながら雨の中へ走り出すと素早く建物の中に消えた。チスはうつむいていた。私はチスを連れて大通りに出て、タクシーを拾った。

タクシーの中でまた訊いてみた。

「あいつらがやったことを全部言ってごらん。一つも漏らさずに」

「うーん……行こうって言われて行っただけなんです。ずっと、あそこに座ってた」

そして、平気だということを見せるように、雨の降る車窓の向こうを見ながら鼻歌を歌ってみせた。だがそれは気持ちを上向きに持っていこうとするためのものにすぎず、やがてチスは黙ってうなだれ、ズボンの上に涙が落ちた。

ヨンナムとカンジュが村の入り口まで出て待っていた。二人はチスを見つけるとすぐ、彼の顔を探り見た。

雨は激しく降っていた。カンジュはチスを縁側に座らせて、彼らがやったことを根掘り葉掘り聞こうとした。ヨンナムは重い表情でそばに立っている。チスは私に答えたのと同様、別段何もなかったとくり返す。そして急に疲れを感じたようにそっと部屋に入り、敷布団を敷いて横になると、眠ってしまった。

ヨンナムは驚いて、急いでオンドルに火を入れ、部屋に入るとチスのおでこに手を載せた。カンジュは縁側の暗い隅っこに座って庭を見ているばかりだ。軒の明かりもついていない庭は暗かった。ヨンナムが明かりを調べに台所に入ったすきに、カンジュが私に訊いた。

「殴られなかったって本当なの？」

「本当みたいだ。ただ連れてっただけらしい」

「じゃあ、こっそり連れてって、そのまま逃がしてくれたってこと？」

「あの人たちは父さんたちに腹を立ててたんだ。チスのことは、ただ連れていっただけだよ」

「大人同士で腹を立ててたんなら、大人を連れていけばいいじゃない、何でチスを連れていったの？」

「もうやめよう。その話はしたくない」

だが、カンジュは声を荒らげた。

「私たちが北韓から来たから勝手なことをするんじゃないの？　いったい私たちが何をしたっていうのよ。それにお父さんも、どうしてあの人たちのことを警察に通報しなかったの？」

「通報したってチスにいいことは一つもないからだよ。早く連れて帰ったほうがよかったんだ」

「じゃあ、今からでも通報すればいいじゃない！」

私はそれ以上答える言葉がなく、立ち上がった。

「チスの体調がよくなったら帰ろう。ここには長くいすぎたよ」

私は部屋に入ってチスのそばでしばらく目を閉じた。

裏庭で鶏が羽ばたいた。しばらくしてヨンナムが、絞めた鶏を持って庭に出てきた。雨でずぶ濡れになり、ぽたぽたと血のしたたる鶏を持って立っている彼は、黄昏の宵闇の中でこの上なくぞっとするような姿だった。ヨンナムは台所に入って釜で湯を沸かし、庭の水道ばたに座って鶏の内臓を始末した。

チスは熱を出した。部屋に火を入れたので、彼は寝ているあいだじゅうずっと汗を流し続けた。ヨンナムは鶏のおかゆを作ってやり、起き上がることもできないチスを無理に起こして数匙口に入れてやった。チスは夢うつつで自分が何をしているのかもわからないようすだった。

そのあとはカンジュが部屋に行き、スタンドをつけてチスのそばで本を読んでいた。庭から眺めると、窓に映ったその明かりだけがこの家の唯一のぬくもりのように見えた。雨脚は激しかった。明日は発たなければと私は思った。この家に残っていてはヨンナムを苦しめてしまう。そのことを言おうとして裏庭に出ると、塀の向こうの街灯だけに照らされたところにヨンナムが腰かけていた。その小さな姿は惨めだった。私が歩み寄ると、彼は席を空けてくれた。

「チスはどうだ？」

「一日しっかり寝れば大丈夫だろう」

彼はタバコを出してくわえ、火をつけ、ただただ真っ暗な森に向かって長く煙を吐き出した。裏庭では雨音が森全体に響いていた。鶏舎から、死ぬまいとして逃げ惑った奴らが漏らす安堵の息が、不快な匂いを漂わせて流れ出てきた。ヨンナムは暗闇に向かって吸殻を投げた。

「あいつら、あっさり子どもを渡したか？」

「どうせ念書を書かせたかっただけだからな。書いてやって、引き取ってきたよ。その話はもうするな。話したくない」

ヨンナムもそれ以上尋ねなかった。彼は無力感に沈んでいるようだった。

「チスさえ回復したら、明日発とうと思うんだ。チスの家でも心配するだろうし」

私がそう言うと、彼は森を眺めながらうなずいた。彼が次のタバコに火をつけると赤い火花が散った。

「いつか、トンベクがこんなことを言ったんだよ」

彼が言った。

「家族のうち誰か一人でも一緒に来ることができていたら、将来の計画を立てて生きられただろうって。あいつは、おまえが羨ましかったんだ。おまえは知らなかったろう。おまえが女房をなくしたことを知っててそう言ったんだから、よっぽど羨ましかったんだなあ」

彼は笑いを浮かべた。

「おまえが言っただろう？　トンベクが犬を盗んだのは、自分から進んで笑い者になろうとしたんだって。俺に、あんなことはするなよと言ったよな。そうだよ、おまえの言葉を聞いたとき確かに感じたんだ。おまえの言うとおり俺は笑い者に、いや、俺の場合は生贄といった方が当たってるかもしれないが、遺骨発見というこの場面で生贄になりたかったんだ。俺はトンベクの気持ちがわかる。こんなことを言ってすまんが、おまえにはトンベクや俺の気持ちは理解できないだろう。おまえにはカンジュがいるじゃないか。それがどんなに大きなことか、わかってないだろう」

彼は雨の中に長くタバコの煙を吐き出した。

「俺は死のうとしてたんだ。そう思いはじめてからもう長いよ。それなのに、変に生きちまったんだな。心の中ではずっと死にたかったんだ。トンベクが逝ってからはなおさらだ。電話ではずいぶんおまえの心配をしてみせたけど、本当に不安だったのは俺の方なんだよ。あのとき、カンジュのことをずいぶん考えたな。トンベクがあんなふうに死んでしまって、俺まで死んだら、あの子がどうやって生きていけるだろうって。そう思うと罪悪感が湧いて、死ねなかった。それぐらい、カンジュって子は大きな存在なんだ。おまえは奥さんの死を守ること以外に生きる理由がないって言ったが、そんなことは言っちゃいかんよ。おまえには生きる理由が十分にあるんだから。そうじゃないか」

彼が口をつぐむと雨の音が四方を満たした。

「昼間、おまえが町に行ったあと、いろいろ考えたんだ。言い訳するつもりはない。誰が何と言おうと俺は、子どもが誘拐されたのに、助けに行こうともしなかった奴なんだからな。おまえが俺をどう見ているかも想像できるよ。俺はもう、自分を守ろうと思ってない。そんな価値もない人間だから。これまでは守ろうとしてきたんだよ。どういう意味だかおまえはわからんだろう。簡単に言えば、生きてみようとしたって意味だ。

俺はこれからも生きていくよ、生きなくちゃな、でも、もう自分をかばうことはしない。それが正しいんだと思う。おまえが行ったあと、そんなことを考えたんだ。おまえ、しばらく俺の話を聞いてくれよ。俺は死ぬまでこの話はしないつもりだった。誰かにしゃべったらその瞬間、その場で俺の体がバラバラにちぎれるんじゃないかという気がしたからな。今も同じだよ。でも、もう自分をかばいたくない。チスを迎えに行かないって言ったあと、一人でそのことを考えてたんだ。だから聞いてくれ。ただし条件がある」

彼は吸殻を投げ捨てた。

「俺が話しはじめたら、その瞬間から、そこを動かないでくれ。一度口を切ったら、やめられない話だから。空が真っ二つに分かれて地面が割れることがあっても、おまえは俺の話を最後まで聞かなきゃならんのだ。途中でやめたら——万一な——もしも途中でやめなくちゃいけないようなことがあったら、その瞬間、俺はこの話を切り出した自分自身を許せないだろうから。話しはじめた以上は何があっても最後まで吐き出さなくちゃいけないんだ。だから俺のために、最後まで聞いてくれ」

彼は降りしきる雨を、穴があくほど見つめていた。

「トンベクの家族を捜しに、中国に行ったときのことだ」

雨音が激しく響きわたる。

「この中国行きを手配したブローカーの奴が詐欺師だったのさ。実は出発前からその可能性があると思ってたんだ、似たような話をいっぱい聞いたからな。トンベクだってわかってただろうが、どうしようもなかったんだろう。でも俺はそこで帰るわけにいかなかった。俺を行かせるためにトンベクが出した金が、あいつの最後の金だったこと、おまえも知っているだろ？　そんな金で出かけていって、ブローカーにだまされたからって手ぶらで帰れるかい。俺には無理だよ。だから帰れない、でもあいつの家族の情報もつかめない。それでただあてもなく歩き回ってな、一週間だよ。朝鮮から来た人間なら誰でもつかまえて、ひょっとしてトンベクの家族に会わなかったか訊いたんだ。だけどそれも、一週間過ぎたらとてもやってられんさ、気疲れしてしまってな。トンベクの家族を見た人は一人もいないんだ。そのとき思ったんだ、このまま帰ったらトンベクはどうするかってな。ひょっとして死のうとするんじゃないかと、何べんも考えたよ」

彼はまた雨をじっと見つめた。

「そんなときに、くにの先輩に偶然会ったんだ。よく知った仲で、その人も中国に来て、南に入る伝手《つて》を探してるところだったんだ。懐かしがって挨拶したんだが……その人のな、俺に対する態度が何となく変なんだよ、何か隠してるみたいで。感じでわかるだろ、何か知っているんだと思った。その人はトンベクを知らんから、知ってるとすりゃ俺の家族のことだ。それで、ついていって問い詰めたのさ。そしたら初めのうちは言い逃がればかりしてな、一言も言わなかったよ。だから家族の居場所を教えてくれたらあり金を全部やるって言ったんだ。でも、そんなことは知らん、会ってもいないとしらを切ってなあ。俺はズボンの裾をひっつかんで、必死で頼んだよ。家族の消息を聞くまでは一歩も動かないって、泣いてとりすがったんだ。そしたら、その人が俺を静かなところへ連れてって、絶対に自分を恨んでくれるなと言うんだ。いい話じゃないってことだろ。それでも俺は絶対知りたい。たとえ全員死んだって話でも、聞かないわけにいかんだろう。だからわかったと答えたんだよ。そしたら、金は一文もいらん、どこどこへ行ってみろと言うんだ。で、そこへ行ってみた。田舎の村だよ」

彼は寒いのか、体をかすかに震わせて、軒から落ちる雨だれを手に受けて顔をこすった。

「たいへんな田舎でなあ。山奥だ。土埃がもうもうと舞い上がっている村だった。家が何軒かあったけどみんな崩れかけてて、村に入ってみるともう何軒かあったが、家と畑以外には何もない村だ。村の真ん中に小川があったが、それが真っ黒でなあ。そのほかは全部、山だ。で、その村が変なんだよ……」

彼は声をひそめた。

「どういうわけだか、女がまるでいないんだ、根絶やしにしたみたいに！」

そして振り向くと、私を鋭くにらみつけた。

「村を歩いてるのがちっちゃい子から老人まで全員、男ばっかりなんだよ。いったいどうなってんだ？　女なしでこいつらはどうやって生まれてきたんだ？　わけがわからん。女はみんな追い出されたか示し合わせて逃げちまったのか、そんな村だった。女房はそんなところに住んでたんだ。いちばん下の子一人だけ連れてな」

私はもう、聞いていられなかった。

「そんな村でだよ、じいさんから、やっとひげが生えはじめたぐらいの奴まで全員が、女房のところに通ってるんだ。外じゃチンピラが見張ってる。とばくをやってるんだな。そのすぐ横でうちの末っ子が遊んでるんだぜ」

「やめてくれ」

私は無意識にそう言っていた。すると彼は、私をとって食いでもするようににらみつけた。

「何があっても最後まで聞くと言ったろ。黙って聞け！　そうしてくれなかったら、俺、何をしちまうかわからんのだ。じいさんがな、歯がすっかり抜けちまって、口を開けると顔にどーんと穴が開いたみたいに見える奴だよ、そいつが孫を連れて一緒に行くのを見たんだ。二人ともわらじをズルズル引きずって、その後ろに土埃がもうもうと上がってる。二人してふざけあってたなあ。じじいが、孫を男にしてやろうと連れてったんだろう。そんなことが嬉しいんだろうな、二人で笑いながらその家に行くんだ。とばくをやってる連中に金を渡して、入っていったよ。じいさんが先だった。そのあいだ、孫はじりじりしながら待ってる。そのときもうちの末っ子は庭で遊んでるってわけだ」

私は聞いていられず、うつむいた。彼は私の胸ぐらをつかみ、無理やり私の顔を自分の方に向き合わせ、子どもたちに聞かれないよう抑えた声で言った。

「しまいまで聞けと言ったのを忘れたか？　俺を殺すつもりか？　同情でもしてほしがっていると思うかい？　同情しないでくれ。絶対に同情するな。俺はおまえにこのことを話すと決めただけなんだから。自分をかばうのはやめたとさっき言っただろ。だから、何があっても最後まで聞いてくれなくちゃ」

彼は私の胸ぐらを離し、また雨をにらみつけた。

「末っ子は遊んでいたが、チンピラが小銭を投げてやるとすぐに拾ってたな。上の子たちはどこにいるのかわからなかった。命だけでも助けようとしてどこかへやったのか、でなきゃもう死んでいるだろう。じいさんが出てくると、孫が嬉しそうにすぐに入ってってなあ。俺は遠くからその二人を見ていたよ。その二人だけかって？　違う。酒瓶を持って入っていく酔っ払いと、若い奴二人まで見た。あのじいさんと孫だけはしっかり見て、帰った。それから町に出て、そこの旅館で夜、死ぬつもりだった。俺、おまえの気持ちは思うに余るよ。俺はあの夜、死ぬべきだったんだ。あんなところを見て、これ以上どうやって生き恥をさらしていける？　それで生きていられたら人間じゃあるまい。だがあの日、俺は死ななかった！　今もこうやってぴんぴんしてるだろ。俺は死ぬのがいやだった。生きていたかった。だから生きて帰ってきたんだ。その後、家族が見つからなかったからとトンベクが絵の具をかぶって死んでも、俺は死ななかった。自分の女房が体を売ってるわけでもなし、その金で子どもが飯を食ってるわけでもないあのトンベクが、生きているのが恥ずかしくて自殺したっていうのに、俺はこうやってぴんぴんして、生きてるんだ。俺の目を見ろよ」

彼は暗闇の中で目をむいて私をにらんだ。

「俺は言い訳はしたくない。俺にとっては、死ぬより言い訳する方がもっと悲惨だ。俺は生きたかったのさ。死ななかった唯一の理由はそれだ。でも、江原道に来るときは死ぬつもりだったんだよ。トンベクが死んだあと、この生き恥がつらくて耐えられなくなってきてな。おまえにはそんなことは言わなかったが——カンジュがいるのにそんなこと、言えないだろ。ここに来て静かに死ぬつもりだったんだ。新生活だなんて、おまえが心配だったからそう言っただけだ。俺は死のうとしていたんだよ。

それなのになあ！ ここへ来て何日か、野菜を植えたり鶏を買って連れてきて、毎朝そいつらの声を聞いていたら、病気がぶり返したみたいに、また生きたくなってきたんだ。野菜が朝の陽射しを浴びて青々と育っていくのを見ていると、たまらないほど、死にたくなくてなあ。母親のこともずいぶん考えたよ。母親だったら、死ぬなと言うだろうと思って。それでまた生きたくなったのさ、本当だ、恥も外聞もなく生きたかった。

でも、まだあの声が生々しく耳に残っているんだよ、あのじいさんが孫を連れていくときにふざけて笑っていた声がな。俺のつらさは終わらないって言ったろ？ 今このときにも女房は、あんな酔っ払いやそいつの息子や孫まで全部の相手をしている。いくら生きたくても、そんなんでどうやって俺が、生きていけるかい？

だから俺は笑いものになりたかったんだ！ そうすればちょっとは、生きていくうえでも格好がつくだろう？ だけど誰も俺を足蹴にしてくれないし、首を絞めてもくれないだろ。だから俺はあの演劇に出なくちゃいけなかったんだよ。大勢が見ている前で罪を告白して、罵声を浴びて、石を投げられれば、ちょっとは生きていく希望が見つかるかもしれないと思ったんだ。でももう全部おしまいだ。さっき先に家に戻ってきて考えた。もうこれ以上自分をかばうのはやめにしようってな。死ぬわけじゃないよ。中国であんなことを見てさえ、死なずに戻ってきた俺だもんな。自分をかばうのをやめるってのは、おまえにこの話を聞いてもらうという意味だ。とにかく、話してしまった、口から出した話は戻せない。さっきから中国で見たことがむちゃくちゃにぶり返してるよ。振り出しに戻ったんだな」

私が口を開こうとすると、彼が制した。

「何も言わないでくれ。最後まで聞いてくれて、ありがとうな。悪いが、今から放っといてくれないか。一人になりたい」

私は彼を置いて立ち上がった。庭に下りて振り向くと、彼はまだ降りしきる雨をうがつほどに見据えていた。

明け方になってもチスの熱は下がらなかった。明るくなると同時にタクシーを呼んで中心街の病院に連れていった。私は医師に、チスは気分の浮き沈みが激しいということ、昨日精神的なショックを受けたことを話した。検診を終えた医師は、ショックによって弱っており、肺炎の症状も見られるので一日入院した方がよさそうだと言った。チスが言うことを聞くかどうか心配だったが、意外にも彼は素直に入院を受け入れた。本当のところ、入院することに興味があったらしい。六人部屋の窓側のベッドに寝巻きを着て横になると、仮病だったのかと思うほど生気が戻ったのだが、チスの親に事情をどう知らせるかが問題だ。協会のことは言わないとしても、入院したことを隠すわけにはいかないだろう。だが、それを察したチスは飛び上がらんばかりになって反対した。腕に点滴をしているのも忘れて、ぱっと起き上がると大きく頭を横に振った。

「おじさん、それだけはやめて。知らせたらお母さんが、何で旅行になんか行ったのかって大騒ぎするから。そしたらもう、これからは旅行に行けないでしょう。お願いだから何も言わないでください」

隠しておけることではないのに、チスは頑固だった。

「お願い、言わないで。一日入院して退院すればいいんでしょ。僕、もう治ったよ。明日になればもう走れるよ。それなのにどうして知らせるんですか」

カンジュも隣で加勢する。

「知らせないで！　父さんさえ黙っていれば、誰にもわからないことじゃないの」

だが、それはどこまでも子どもの考えである。

「こんなの、私たちには冒険みたいなもんよ。だよね、チス？」

カンジュの言葉にチスも相槌を打つ。

「僕、昨日のことはもう忘れちゃったよ！」

チスが声を上げると、二人は笑い出した。そのうえヨンナムまで、伏せておいてやれと目で訴えるので、その場ではいったん私が引き下がった。

チスの付き添いは主にカンジュが引き受けた。注射を打たれ、薬を飲んで容体が良くなってくると、ヨンナムと私はチスをカンジュに任せて病室にはあまり立ち入らず、病院の中をうろうろして待合室でテレビを見たりした。テレビでは、新しく組織された遺骨調査団のニュースが流れていた。雨は止まなかった。午前中しばらくは静かだったが、午後にはまた土砂降りになっていた。家に戻れと言ってもヨンナムは帰らない。午後になるとチスは回復したという程度を超え、カンジュと二人で騒いで看護師に注意されることさえあった。私たちは病院の裏の、清掃婦が大きなゴミ袋を整理しているゴミ処理場で過ごした。そこには人が入ってこない。

ヨンナムを置いて帰るのはつらかった。ヨンナムはゴミ処理場に面した病院の裏の軒下に入り、一人でタバコを吸っていた。私たちが話をするにはうってつけの場所である。そこで私は彼に、江原道を出ることを勧めた。

「都会に戻って暮らそうよ。一人でここにいてもつらいばかりじゃないか。ソウルに戻ればカンジュもいるしチスもいる。子どもたちが成長するのを見ながら暮らそう」

ヨンナムはそれを聞いて笑った。

「俺たちももう、子ども頼みの歳になったのかね」

彼はしゃがんだまま、雨を眺めていた。

「昨日の夜、考えてみたんだが、やっぱり俺はあの演劇をやるべきだったと思う。演劇が俺に望みどおりのものをくれるとは思わないが、でも、試してみるべきだったな。判断はそのあとでよかったんだ。生きるにしろ、死ぬにしろ」

ゴミ処理場の方から、大きなゴミ箱を持った清掃婦が、雨を避けて走っていった。

「昨日も言ったけど、原点に戻ろうと思うんだ。今になって思うんだが、最近はもうばかの一つ覚えみたいに演劇に期待していたんだな、その方が気持ちが楽だったから。演劇がどうにかしてくれると思って、しばらく苦痛を忘れていたんだよ。昨日、中国でのことをありありと思い出して、またあのときに戻ってしまったよ。眠れなかった。それぐらい演劇に期待してたってことでもあるな。どっちにしろ、俺はもう一度考えてみようと思ってるんだ」

私は彼にタバコを一本もらった。

「どうしてもそうしないといけないのかい？　トンベクはどうだった？　あいつも犬を盗んだけど、結局自分を救うことはできなかっただろ。あんなことをやっても羞恥心は消えなかったじゃないか」

「あいつはあのあと、もっと恥ずかしい存在になろうって結論を下したんだ。やり方は一人ずつ違うんだよ」

私は胸が重いもので押しつぶされるような苦痛を感じた。

「俺の話をちょっとしてもいいか？」

私が言うと、彼は静かに雨を見ているばかりだった。

「これまで俺は、何かを試みるなんてことは拒否してきた。見ようによっちゃ、今の生き方に満足してきたってことかもしれないな。俺は女房の死を忘れないことが自分の務めだと思って、自分を慰めたり励ましたりしてきたんだ。だけど、それはまともな生き方じゃなかった。おまえもカンジュの話をしていたけど、あの子を育てるにも俺は無力なんだ。女房の死を守るどころか、生きてる子どもに希望を与えることもできない。俺があの子に何を言ってやれると思う？　墓守りみたいな人間が、あの子に。

だけど、この何日かのカンジュを見ていて、別のことも考えたんだよ。言ったっけ？　トンベクが死ぬ前、道を歩いてて俺に訊いたんだよな、ひょっと思いついた言葉みたいに、カンジュがいなかったら生きていけたと思うかって。そのとき俺は、答えられなかったんだ。それが、トンベクが俺に残した最後の言葉になっちまった。その後、俺はあの言葉をいっときも忘れたことはないよ。いつもあの質問に答えようとして必死だった。カンジュがいなかったら、俺は生きていたかなって。女房の死を忘れないことを言い訳にして、つまらない生き方を続けているのかもしれない。布団に横になると、トンベクの質問が空中にぶらぶら、ぶら下がっているような気がしてな。

カンジュがいなかったらとっくに死んでいただろう、それははっきりしている。俺一人が生きる理由とか、希望とか……俺、今、希望って言ったか？　そんな言い方もばかみたいではあるけど……どっちにしろそんなもの、見つかりゃしないんだから……それでもこの何日間かで、トンベクのあの言葉が違うふうに聞こえてきたんだよ。あれは質問ではなかったのかなって。あれを言ったときの彼の顔、まだはっきり思い出せる。あれは、カンジュがいるからおまえは生きていけるだろうって、励ましてくれたのかもしれないと思ってな。何日かそんなこと、思ってたんだ」

ヨンナムはずっと、しゃがんだまま雨を見つめている。

「南朝鮮に来てから、暇さえあれば俺が何を考えていたか知ってるか？　カンジュを連れて別の国に行くことだ。恥ずかしいことだけどな。でも、そんな考えにふけってたんだよ。そこで暮らしている人たちのことや、そっちの天気とか、どんな言葉を話すのかなんてことまで考えているうちに夜が明けたりしたもんだ。毎晩そんな、子どもみたいな想像にふけってな。明日、家に帰ったら、またそんなことを考えるかもしれない。でも、今朝チスを病院に連れてって、友だちの心配をしているカンジュを見たら、そんなことを考えている自分自身がすごく恥ずかしくなってきたんだ。俺はほんとに、だめな人間だったなって。女房の死を大切にするなんて言いながら、結局、何もしない人間になってしまったんだな。昨日おまえが、自分を守ろうとしていたって言っただろ。俺も同じだよ。俺もこんな、取るに足りない自分をかばうために必死だったんだ。だから、子どもを連れて第三国に出る想像をしたりしてたんだ。これからはもう、そんなのはやめるよ。子どもに恥ずかしいからな。それが、俺がここで決めたことだ。ほんとに何てことない決心だけど、そんなことからでも立て直していけば、トンベクの最後の言葉を励ましとして受け止められるんじゃないかと思う」

ヨンナムはずっと黙っていた。それでまた少し心が重くなり、私は声を大きくして言った。

「おまえも最初から、演劇なんて必要なかったのかもしれないよ。苦痛と闘わなくちゃいけないって言っただろう？　そうやってまた自分を罰しようとしているんだろ。いったい、俺たちをこんなにひっきりなしに恥じ入らせるものは何なんだろう？　俺たちは羞恥によって自分を守ろうとしているよ。そんなつまらん自尊心について考えてみたこと、ないかい？」

ヨンナムは立ち上がったが、視線はまだ降りしきる雨に向けていた。

「おまえはカンジュがいるから生きていける。おまえの話を聞いて、それだけは間違いないなとあらためて思ったよ。それと、トンベクがおまえを励ましたことも間違いないよ。あいつはおまえを羨んでもいたし、励まそうとしたんだよ」

ヨンナムはしばらく雨を眺めていた。

「だけど、俺の苦しみには終わりがないんだ。俺はあの田舎の村で、わらじを引きずってはしゃいでいた奴らの声を忘れてはいけないんだ。あれを忘れたらその瞬間にも死ぬべきだ。そんなことで、どのつら晒して生きていける？　俺は女房のつらさを感じなきゃいけないんだ。おまえ、あいつがどうしてあんなことをしても死なずにいるか、その理由がわかるかい？」

彼は私を見つめた。

「末っ子を生かすためだよ。自分が死んだら、あのごろつきどもがあの子を育ててくれるはずがないだろ。だからあんな目にあっても死なないんだ。俺はその苦痛を感じ続けなくちゃいけないんだ。俺が生きている理由がそのほかにあっちゃいけないんだよ。苦痛が、俺の生きる目的だ。俺はまた何か見つけちゃ試すだろうと思う。非難しないでくれ。少なくともおまえだけは、しないでくれ」

「トンベクが俺を励ましてくれたように、俺もおまえを励ましちゃだめか？　そうだ、俺はカンジュがいるから生きていけるのかもしれないよ。それなら俺にも励まさせてくれ。俺と一緒に、何か、探してみようよ」

ヨンナムはじっと雨を見ている。

「何も保証されていない時間の中を歩いていくことなんだよな、生きるというのは。寂しいけど、それが当然なんだと、俺は思うよ」

彼の顔は羞恥で赤く火照っていた。

夜になってチスはすっかり元気を取り戻し、私は結局、子どもらの言うとおりチスの両親に何も知らせなかった。カンジュは夜もチスに付き添い、ヨンナムと私は、それもまた二人の冒険の一種なのだろうと考えて家に戻った。私たちは一晩中酒を飲んだ。二人とも羞恥については一言も触れず、ただ南朝鮮にやってくる前の、故郷でのことだけを話題にした。

朝、荷物をまとめて病院に行き、退院手続きをすませた。入院費は、鼻ひげ男が私に「食わせ」ようとしたあの金で払った。その朝も駅前広場には老人たちが出て、反共スローガンを叫んでいた。雨が上がったあとなので空気が澄んでいる。列車に乗っているあいだ、子どもらは自分たちだけでないしょ話をし、必死で私をのけ者にした。車窓を見ていると、昨夜、裏庭で暗闇に沈んでいたヨンナムの姿が浮かび上がり、そのたびに私は目を閉じてそれを追いやろうとした。

私の死

熟睡のあとで体が生き生きと蘇ったような思いで私は目覚めた。一晩で何もかも忘れてしまったように体が軽くなったこの朝、私は空っぽの頭で死を思った。私は毎朝、死への新鮮な恐怖にとらわれた。

江原道から帰ってきたあと、チスとカンジュは本当に一緒に冒険をしてきた二人組のように仲よくつるみ、夏休みの残りの期間は高校入試の勉強をすると言って一緒に図書館に出かけていった。これまで二人とも、勉強に関しては学校で完全に度外視されているも同然だったから、それは意外なことだった。朝、カンジュが図書館へ行くと私は一人で家に残り、死への新鮮な恐怖を受け止めていた。

自分で命を絶たなくてもいつかは死ぬのだという事実が、幼な子が初めて死を発見するときのように蘇ってくる。毎朝私が発見するのは、妻やトンベクではなく私自身の死だった。常に死のそばにいた者が、新たに死を発見したわけである。私は私の終わりについて考えた。死は終わりだと思っていたけれど、妻が死後、どんな世界に入っていったのかと考えたことはなかった。妻は終わりを迎え、そして私も——自ら死ななくとも——いつか終わる。そのことが新鮮だった。そして、毎朝そのことが怖かった。

ほどなく私はまた別の家具工場に入った。カンジュが受験準備のために予備校に通うことになり、その受講料以外にも生活費を借りなくてはならなかったのだ。私は市街地の路地に行かなくなり、毎朝カンジュと一緒に家を出て、東南アジア人の町を抜けて家具工場に出勤した。

工場の社長は、私の前の職場の初任給程度の金額を提示した。私を軽んじたわけではない。材料を値切るのと同じように、賃金交渉を持ちかけたにすぎない。私は仕事を再開しなくてはならず、それしか考えていなかったから、他の仕事場を当たるのもいやだった。

ヨンナムとはあまり頻繁に連絡を取らなかった。私が帰ってからしばらくして、バイク屋での修理の修業をまた始めたことだけは聞いた。こちらから連絡はしなかったが、あの廃屋のような家に一人残っている彼のことは常に意識していた。そして彼が、週に二回だったバイク修理の修業をほぼ毎日にしたと伝えてきたときも、江原道に移住して新生活を始めると言ったときと同じ声で、ひたむきに汗を流せば心も洗われるだろうと弾んだ口ぶりで言ったときも、言葉どおりに受け取りはしなかった。

カンジュの新学期が始まったころ、新しく組織された遺骨調査団でもめごとが起きた。民間団体が推薦した教授たちが調査中に政府から圧力を受けたとして調査を拒否し、結局辞退し、遺骨をめぐるごたごたは振り出しに戻った。気になってヨンナムに電話してみた。

「何日か前からまたオリンピック讃歌が流れているよ。若い連中がスーツを着て村に上ってくるのも前とおんなじだ。あいつら、もうあれを職業にしているみたいだな。デモ隊は半分も残ってなかったけど、また増えはじめたよ。政府の裏工作だって主張しているね。協会の連中はすっかり腹を立ててるらしい。老人たちを連れてっちゃ、夜遅くなってから送ってくるよ。駅前広場に一日じゅう整列させてるんだろう、立たされている方も何も文句を言わないらしい。もっとも、あの人たちこそ二束三文で自分を売り飛ばしたわけだから、今になって愚痴も言えないだろう。どっちにしろ、元どおりになったんだ。デモ隊が増えたから警察もまた増えた。

デモ隊もたいがい困った人たちだよ、もめごとが起きるたびに元気を出すんだからな。憎悪が力なんだ。断食を準備している人までいるらしい。俺が見るところじゃ、デモ隊も協会も変わらないよ。六十年以上前の事件を、憎悪を噴出させるために利用しているのは同じだ。心配するな、俺はあの件からは完全に手を引いたから。朝、オリンピック讃歌が聞こえてくる前に村を出ちまうんだ。おまえも覚えているだろうけど、毎朝あの歌を聞くのは大変な苦行だからな。拡声器を壊してやろうかと思ったぐらいだ。だけどおかげで生活が規則正しくなったよ、あの歌を聞きたくなくて急ぐからな。体まで健康になったよ！　ありがたいと思うべきかな？」

さらに詳しい事情を聞いてみると、彼はこんなことも言った。

「おまえが心配すると思ったから言わなかったけど、しばらく前にあの革ジャンの男が訪ねてきたんだ。またデモが始まったんで、俺が演劇をやるんじゃないかと思ったらしいね。あいつらも本当に妙な奴らだよ。どれだけ演劇が迷惑か知らないが、俺みたいなしがない人間に執着してどうするんだ。もう、米軍の仕業だろうが人民軍の仕業だろうが、住民だって関心を持っていない。みんな疲れきってしまって、なるようになれって感じだ。あいつらだけがオリンピック讃歌をかけたり、老人を動員して決起大会を続けたりしてるんだ、俺なんかを監視しながらさ。一時は、懺悔って言葉が耳障りなのかと思ってたけど、見たとこ、懺悔とか真実とか怨恨とか、とにかく人間の世界の言葉はみんないやなんじゃないか。ただもう物質主義なんだ。それで懺悔という言葉を、あいつらの好きな開発とか、発展とか、そういう言葉の反対語みたいに思っているんじゃないかってね。考えてみれば正直な連中だよ。それがあいつらの唯一の長所だな、ハハハ！」

私もときおり、協会の老人のことを思い出した。金儲けを使命と考え、それを献身だと思っている人々。欲望を煽りたて、それを受け入れない者を不純だと決めつける者。ヨンナムに電話したとき、老人たちのようすを尋ねてみることもあった。

「あの集会は老人たちの軽い副収入っていうより、もう重労働だね。朝出かけていって午後帰ってきて、夜は早く寝てしまうから、村は空っぽも同然だよ。元気なのは畑の雑草だけだ。おまえがここに来た日、村の老人たちはオリンピックがどこで開かれるのかも知らないだろうって言ったの、覚えてるか？　あれも食べていくためだったけど、今度は食っていくためにオリンピックにしがみつかなきゃいけない身の上になっちまったんだ。本格的にオリンピックに参加しはじめたんだね」

「協会のやつらもたいがいだな」

「前にも言っただろ、あいつらがいちばん正直だって。デモ隊こそ見えすいていたよ。政府への憎悪を腹に隠して遺骨を利用しようとしてさ。協会の奴らは純粋な欲望のためにやってるんだ。それがこの地域の住民の思いだってことだろ。あいつらはこの地域を支配する資格があるよ。誰もがここを仕切れるわけじゃない」

秋になると政府は新しい証拠を掲げて、虐殺は人民軍の仕業であることをあらためて発表した。だがそのときはみな、この事件にうんざりしていたのか、ニュースでも大きく扱われなかった。みんな、虐殺だの慰霊だのという陰湿で暗いことからは抜け出して、冬季オリンピックという明るいところに出ていきたかったらしい。

政府の再調査の結果発表のあと、ヨンナムからの連絡は稀だった。私は毎日忙しく過ごしていた。カンジュは高校入試の準備をすると決めてからは毎日そのことで神経を尖らせており、ささいなことでもつんけんした。工場では同僚が私を敬遠した。彼らはいつも私との間に見えない線を引き、自分たちと区別しようとした。私もあえて彼らと親しくなろうとはしなかった。そんなことは目新しくもない。

十月に入って、またあの町のようすを目にした。完成した選手村のマンションは、期待されていたとおり勇壮で美しかった。背景に鬱蒼とした森が広がっていることを勘案して、青と白系統の色で作られた端正なたたずまいは、この建物が地域住民の念願であり希望だったことをはっきりと証明していた。炎天下に歩いて下りたあの坂道は五色のレンガで飾られ、道沿いには洗練された街灯が並んでいる。ニュースは、五色のテープを引く大勢の有名人士と祝砲、さまざまな角度から見た建物のようすや、現代的で実用的な内部施設を順に映していく。遺骨のことには触れなかった。

選手村の完成は明らかに、春から始まった遺骨問題の終わりを意味していた。すっきりした五色のレンガの上に秋の陽射しを浴びて立つ白い建物の前で、またもや遺骨や虐殺のことを持ち出すのは——秋だからなおさらだったかもしれないが——問題のための問題を作ろうとするやぼなごり押しのように思われた。だが、そこには人々が残っていた。

彼らを取材したのは半月ほど経った深夜ニュースである。私の目にはひどく見慣れない感じのするあの坂道で、十人あまりの人々がまだ残って虐殺の真実究明を要求していた。インタビューを受けているのは、政府が再調査を受け入れたあの日、人々を率いて歓呼の拍手を起こさせたあの指導者だった。彼らはいまだに真実を要求していた。けれどもニュースは、彼らに好意的な立場ではないことを示すかのように、彼らを映すたび、その後ろにある、葛藤ではなく調和と繁栄を主張する超近代的な建物を対比させて映すのだった。そのため彼らはまるで、終戦の知らせが来ないために、毎日戦闘準備をしている第二次世界大戦の兵士のように見えた。そのうえ、彼らが着ている厚いパーカーがまだこの季節には早すぎてホームレスを思わせるのに比べ、選手村のマンションやそれを取材している女性記者のコートは、秋らしい情緒によく似合っていた。ニュースの終わりに記者は、スローガンを叫びながら坂を上っていく彼らを背景にして語った。それは、冬季オリンピックを控えた今も六十年前の真実を求める主張が残っているという簡単なコメントにすぎなかったが、そこに漂う冷笑を読み取れない者はいなかったはずだ。

その人々の中に、ヨンナムがいた。記者の後ろで、選手村のマンションに向かって上っていくそのみすぼらしい一団のいちばん後ろで、まるでそのニュースを私が見ることをあらかじめ知っていたように、振り向いてカメラ目線で笑っているのは確かにヨンナムだった。いたずらっぽい笑いだった。すぐに彼の姿はぼやけ、カメラは選手村のマンションを写し、遠ざかっていくときには彼の姿は一つの点になり、そして消えていった。それは彼が再び自虐的な試みを開始したことを意味していた。

翌日私が電話したとき、彼はいつものように平気そうな態度だった。私は彼がデモのことを自分から話してくれるのを待った。

「最近はどうだ?」

「とくにどうってこともないな。バイク修理を習うのもちょっと面倒になってきて、今はしばらく休んでいるんだ。選手村のマンションが完成したことは知ってるか」

「うん、ニュースで見た」

「結局、終わったってことだな。これでまた一年前と同じだ。遺骨が出る前の、冬季オリンピックの経済効果に純粋に期待していたあのときとな。何もかも平穏無事だ。老人たちもまた畑に出はじめたし。村のあちこちで夜遅くまでテレビがついてるよ」

「選手村のマンションだけが残ったわけか」

「そういうことだな。このごろは俺も、どっか旅行にでも行こうかと思っているんだ」

「健康状態はどうなんだ?」

「俺にそれを訊くかな、まだ若いのに。もっとも、選手村ができたときはちょっと脱力しちまったけどな。俺が脱力するようなことじゃないのに、とにかくがっくりきちゃったんだ。それでおしまいさ。おまえの言ったとおり、すべての結論はあの建物の完成ってことだ。まあちょっと、悲惨だけどな。平和にはなったけど、偽善だよなあという気もするし。でもとにかく、平和になってよかったたってことかもな」

彼はとうとう、デモ隊のことは言わなかった。

そのころも私は相変わらず朝起きると死を思い浮かべていた。晩秋に入り、出勤のバスの窓から見える風景は、夜の間にどこかが崩れてしまったようにうつろに見えた。毎日死を思い、その上で生をつないでいる自分自身が厭わしくもあった。カンジュは塾に行って夜遅く帰り、倒れるように寝たりしており、そんな生活自体に不満はなかった。私は徐々に、生きたいと願うようになっていた。人生で初めてのことだったかもしれない。

工場から家に帰ってくると一人で飯を食べ、塾から帰ってくるカンジュを待った。寂しくなると、隣り町の遠いところまで散歩に出ることもあった。そんなときも死を思った。妻を木の陰に横たえて夢中で走ったときや、蒸し暑い東南アジアの宿にいたときに幻のようにかいま見えた死ではない。日常の中にあるはっきりした実体としての死。カンジュが目の前でぼんやりとかすみ、消えてしまうような、そんな死を私は恐れた。

一晩じゅう秋雨が降っていた翌日、朝になるとかなり肌寒かった。道端にたまっていた落ち葉が雨に濡れ、薄汚く地面に貼りついていた。朝からひどく妻のことが思い出された。死はすべての終わりだと思っていたが、その日に限って妻がどこかにまだいると思えた。残像というものなのだろう。そしてヨンナムがどこかにいて、私を見守っているようにも思えた。無念な魂は天に昇ることができず地上に残り、人をじっと見つめている――彼はかつてそんなことを言ったが、その言葉のとおり、日がな一日私に語りかけてくるかのようだった。私を励ましてくれているようだった。

退勤してカンジュを待ちながらニュースを見ていたとき、電話が来た。聞き覚えのある声だったが、初めは誰だか思い出せなかった。それはヨンナムの村に住んでいる、帰農した女性だった。彼女は、連絡先がわからなかったため遅くなってしまったと断り、ただ待っているわけにもいかないので処理すべきことは処理しておいた、と言うのだった。

「すみません、連絡が遅れて……」

彼女はすすり泣きながら電話を切った。暗い窓の外を眺めていると、いつのまにかカンジュが帰ってきていて、私を見つめて立っていた。

妻を木の陰に置き去りにしたとき、彼女は気力も尽きはて、正気を失っていた。私はそこから一歩を踏み出すことができなかった。地平線に向かう太陽がまるで、このことを見届けてやるぞと言わんばかりに私に向かって熱く照りつけている。あのときの私はどうだったろう。妻と娘のどちらか一人を私の意志で捨てなければならなかったあのとき、私は、生命の耐えがたい熱さに圧しつぶされて息ができなかった。焼けるような涙を流した。自分の体がまるごと溶けてしまいそうなほどに熱く、私は泣いた。

南朝鮮に入ったあの年の夏、ソウルは異常な高温で、水銀柱は連日、数値を更新し続けた。ソウルに来る前にもタイの宿で、狂わんばかりの、身の毛がよだつような蒸し暑さと闘っていたせいか、あの年の夏については暑さのことしか覚えていない。秋には娘を学校に入れ、脱北者の集まりで会った人のアバイスンデ〔中に野菜と餅米を入れた北朝鮮風の腸詰。朝鮮戦争当時に北から逃げてきて住みついた人々が伝えたもので、北朝鮮料理の代表格〕の店に店員として入った。そのときも私は、自分が生きていることを実感できなかった。実感するのが怖かった。きびすを返すことができず立ち尽くしていたあの砂漠に、私はまだ残っていたのだ。

最初の年に職場を三回も変わったあと、家具工場に入り、東南アジア人が多く住む町に引っ越した。そこに先に住んでいたヨンナムとトンベクは、南朝鮮に来る途中で家族を失った点で私と境遇が似ていた。二人はカンジュと私を家族のように迎えてくれた。退勤後は誰かの家に集まり、夜遅くまで騒いだこともある。あれは私が南朝鮮へ来て以来、それでも幸福といえるものを味わった短い期間だった。

あのおかげで私は生きてくることができたのだし、カンジュを育てることもできた。私たちは三人とも、生きていることを恥じ、耐えがたい思いを抱えていたが、生きることを可能にしてくれたのはカンジュだった。よもやカンジュの前で死を口にすることはできなかったから。

電話をくれた女性は、ヨンナムの鶏を引きとって飼っていた。野菜畑は荒れていた。野菜の葉を見ては生きる希望をつないでいた彼だから、畑の荒廃ぶりと彼の不在はよく釣り合っていた。秋の陽射しが、すぐにでも再びぼろ家と化してしまうだろう家の裏庭に注いでいた。

「逝く前に身辺をすっかり整理なさったようでね。あなたの連絡先だけでも残しておいてくれればよかったのですが。火葬費用はあの方が残されたもので支払いました。ほんとにきれいさっぱり整理して、お金を残していかれたんですよ。封筒に入れて」

私は女性に何度も感謝の気持ちを表した。

「骨粉は中にあります。それと……」

女性は涙をぬぐいながら、ポケットから手紙を取り出した。

「これは、あなたあてに残していかれたものです」

私は手紙を受け取った。

女性が帰ると私は縁側に座り、秋の陽射しが降り注ぐ庭で、そこに広がる彼の不在を長いこと確認した。彼の何もかもが懐かしかった。あの笑い声が恋しかった。

女性の言ったとおり、あとのことはきれいに整理してあり、室内に死の痕跡はなかった。彼は骨粉の壺一つになって残っていた。その前で私は手紙を開いた。

こんな手紙を読ませることになって、何と言っていいかわからない。それよりもまず、俺は怖い。今この瞬間も怖い。俺が死んだあとに残るおまえとカンジュのことを考えると、この何日間か眠れなかった。申し訳ない。おまえにはすまないことになった。だが今この瞬間、いちばんはっきり言えることを書いておく。おまえとカンジュにだけは、何があろうと、命が終わるときまで生きてほしい。

夏におまえと子どもたちが来てから、いろいろなことを考えた。どうやったら俺自身が救われるのかも考えた。山ごもりもしてみた。テントを張って、何日かそこで夜明かししてみた。森に許しを求めたい気持ちだったんだ。俺を許してくれるのは森だけだったから。だが、まだつらかった。誰かにいてほしいと思ったわけではないよ。俺は寂しくて当然だ。誰かがいてくれたら寂しさが消えるわけではないし。

演劇を準備していたときも本当は、心の底に寂しさがあった。みんな寂しくないのだろうか。冬季オリンピックを誘致して経済が復興する夢を見て、孤独を忘れようとしているのか。

夢で孤独をいやそうとしているんだろうか。この夢を捨てたら、その瞬間からまた孤独を感じるだろう。みんな孤独を怖がっている。孤独の中には罪がいっぱい隠されていて、そのことをよく知っているんだろう。俺は、孤独は怖くない。しょせん罪から逃れられない人間だから。俺は苦痛を味わうべきだと思ってきた。でもあるとき、苦痛を望む人間なんてこの世で俺だけだとわかったんだ。みんな夢に浸って、平穏だ。俺は女房が恋しい。あいつに会いたい。でも会うことはできないだろ。だから先に行って、あいつを待っていることにしたんだよ。

俺はもうこの世に何の思い残しもない。俺が逝くのは、家族のためだけというわけでもない。もともと俺がここまでの人間だったんだな。それを受け入れることにしたんだよ。カンジュにだけは寂しい思いをさせないでやってくれ。それが俺が最後まで悩んだことだ。トンベクがおまえに言ったんだろ、おまえはカンジュがいるから生きていけると。その言葉、よくよく憶えておいてくれ。長生きしてくれという俺の願いも、忘れないでくれ。最後の罪を犯して、俺は逝くよ。元気でな。

骨粉を何度かつかみ、川に撒いた。娘と私は川べりに座った。晩秋の情緒に染まった臨津江《イムジンガン》〔朝鮮半島中部の頭流山麓に発し、漢江に合流して黄海に注ぐ川。三十八度線付近を流れる〕は、陽射しにきらめいていた。娘は膝を立てて座り、小石をいじっていた。

「おじさんはどうして死んだの？」

娘はうつむいたまま言った。

「人はいつかみんな死ぬだろ？」

娘は私を恨めしそうに見つめた。その目に涙がたまっている。

「どうして私たちはこんなふうに死ななくてはならないの？」

その言葉が、胸の底に埋めた苦痛を呼びさます。

「おじさんを恨んじゃいけないよ。おじさんは最善を尽くして生きてきたんだ。そして、こんなふうに死ぬのはおじさんが最後だ。父さんは絶対に、あんなふうには死なないよ。父さんはお前が高校を卒業して、結婚して、子どもを産むのも見て、その赤ちゃんがお前ぐらい大きくなるのも見るつもりだよ」

カンジュは泣いていた。私は立ち上がって、残りの骨粉を川に撒いた。

明日の朝私はまた死を意識しながら起き、工場へ行くだろう。そこで、生きるために汗を垂らして働き、カンジュと私をさげすむ者たちと闘うだろう。これからは夢の中で、妻とトンベクだけでなくヨンナムとも会うことになるかもしれない。私はそれをつらいと思うまい。カンジュと一緒に家と街と学校と工場を行き来し、カンジュの入試が終わったら旅行もするかもしれない。

それを指して人々は、「新生活」に入ったと言うのかもしれない。ひょっとしたら、私は本当に新しい生活を始めるかもしれない。それは南朝鮮に来て以来初めての私の目標になるかもしれないし、カンジュへの初めての贈り物になるかもしれない。トンベクとヨンナムはそんな私を励ましてくれるはずだ。この生活が、私たち三人があんなにも渇望していた生につながることを、私は心から望む。そしていつかそのような生の中で妻に出会うことがあったなら、そのとき私はもはや、彼女に許しを乞うことをしないのかもしれない。

訳者解説

本書は、韓国の作家チョン・スチャン著『羞恥』（チャンビ、二〇一四年）の全訳である。

チョン・スチャンは一九六八年に大邱《テグ》に生まれ、延世大学電気工学科を卒業した。二〇〇四年に『いつのまにか一週間』で第九回文学トンネ作家賞を受賞してデビューした。寡作な作家であり、これまでに長編小説『いつのまにか一週間』と『古い光』が出版され、『羞恥』は三作目に当たる。本書は、刊行された二〇一四年に第三十回シン・ドンヨプ文学賞の小説部門で三冊の最終候補に残った。日本への紹介は、本書が初めてである。

本書の主人公は、北朝鮮民主主義人民共和国から大韓民国にやってきた脱北者たちだ。脱北者に関してはすでに当事者による多くの書物があり、また彼らをテーマとした小説も、数は多くないが書かれてきた。その中で本書は、脱北者の心情に強くフォーカスするとともに、彼らの困難を通して韓国社会のありようを凝視したところに特徴がある。

文芸評論家のハン・ギウクの評を借りるなら、「この作品の優れた点は、大韓民国において脱北者として生きていくことの意味を存在論的に考え抜き、倫理的に応えようとしているところにある。このような倫理的思考が物語の随所にしみわたり、脱北者を〈受け入れながらも排除する〉我々の社会の物質主義的な価値観が、あたかも汚れた下着のような恥ずかしさとともに露呈される。ナチズムを経験したブレヒトは〈生き残った者の悲しみ〉を吐露したが、チョン・スチャンは脱北者の〈生き残った者の羞恥〉に注目することで、それがまさに〈我々の羞恥〉であることを直視しようとする。我らの時代の倫理的想像力の意味を問う力作である」ということになる。

なお、チョン・スチャンは訳者の質問への回答において、「私は脱北者という人々の現実を告発しようとしたのではなく、ただ彼らを普遍的な領域に引き出して描きたかった」「脱北者たちの生に、韓国社会のさまざまな姿を配置して一つの悲劇を描こうと試みた」と語っており、本書が単なる脱北者問題を扱った小説という枠で説明されることを望んでいない。しかし日本の読者にとっては、脱北者問題はわかりづらい問題である。そのため少し紙幅をとって、背景を理解していただこうと思う。

韓国内の脱北者は三万一千人

現在、韓国には、累計で三万一五三〇人の脱北者が住んでいる（二〇一八年三月現在、韓国統一部発表）。また、中国や東南アジアなどには多数の脱北者が潜伏しており、その数を正確に把握することは不可能だが、一説には中国だけで三十万人とまでいわれる。さらに、これらの人数の背後には、脱北を試みて死亡したおびただしい数の人々がいる。注目すべきことは、それほど多数の人々が、いっせいに大きな群れをなして国境を越えるのではなく、二十年以上に及ぶ長期にわたって散発的に、個々に、絶えることなく越境してきたという事実だ。堤防が大きく決壊することはなく、きっちりと締めることができない蛇口から不断に水が滴りつづけるように、人々は命がけで逃げつづけてきた。

「脱北者」の法律上の正式名称は「北韓離脱住民」である。この名称ができたのは新しく、一九九三年まで、北朝鮮を脱出して韓国にやってきた人々は「帰順者」と呼ばれていた。「帰順」とは悔い改めて敵に投降するという意味合いであり、場合によっては「帰順勇士」と讃えられることもあった。そして九三年まで、帰順者の数は年間で一桁にすぎなかったのである。

しかしその後、事情は大きく変化した。旧ソ連や東欧の社会主義諸国の崩壊によって支援を受けることができなくなった北朝鮮では、それまでにも悪化していた経済が大きな打撃を受けた。そこに水害と干ばつが重なって大飢饉が起こったのである。配給がストップし、企業所の活動も止まった。一九九五年から九八年までの間に、一説では三百万人が餓死したともいわれる（現在では、この数字は過大ではないかとの見方が示されているが、餓死者が恐るべき数に上ったことは疑いようがない）。

目の前で家族が死んでいくのを目にした人々は、自力で食糧を求めようとしてまず国内移動を始めた。それですら、移動が厳しく制限された北朝鮮では前例のないことだったのである。そして、中国との国境を越える人々が現れた。北朝鮮と中国の国境は豆満江《トマンガン》と鴨緑江《アムノッカン》の二つの川によって区切られる。とくに豆満江を渡ったところにある吉林省の延辺《ヨンビョン》朝鮮族自治州には、約二百万人の朝鮮族が住み、朝鮮語が通じるので、中国語がわからない北朝鮮の人々も行動しやすいうえ、ここに親戚や知人を持つ人も多い。飢饉の深刻化とともに、厳重だった国境警備隊も賄賂を受け取って脱北者を見逃すようになる。このようにして中国に入った人々は、食糧を手に入れると再び北朝鮮に戻ることが多かったが、徐々に韓国を目指す人が増えていく。

韓国に到達した人数は、九四年にいきなり五二人と二桁に上って以来、九九年に一四八人、二〇〇〇年には三一二人と増加の一途をたどる。ここには、九八年からの金大中政権が脱北者をすべて受け入れることに決定したり、NGOなどが脱北者支援を始めたことも関係している。韓国政府は、わずかな政治亡命者に特恵待遇を与えるのとは違い、これら多数の困窮した人々を早急に保護し、生活の基盤を保証する必要に迫られ、法整備をはじめとする受け入れ態勢が作られた。

二〇〇二年には、脱北者五人が瀋陽の日本国総領事館に逃げ込んだ瀋陽事件をはじめ、各国の大使館に脱北者が駆け込む「企画亡命」と呼ばれる事件が相次ぎ、国際世論の関心を集めた。この年にはついに韓国へ入国した脱北者が千人を超え、〇九年には二九一四人と最大人数を記録した。以降、人数は徐々に減っているが、近年も毎年千人以上の人々が韓国に入国している。

なお、脱北者は日本でも暮らしている。そのほとんどは、かつて日本に住み、一九五九年から始まった北朝鮮への「帰国事業」によって北に渡った在日朝鮮人や、その家族たちだ。その数は二百人以上といわれている。詳しくは、『日本に生きる北朝鮮人――リ・ハナの一歩一歩』（リ・ハナ著・アジアプレス出版部・二〇一三年）などを参照していただきたい。

どうやって脱北するか

脱北者のほとんどは、北朝鮮と韓国の境界を越えてくるわけではない。少数の兵士が訓練中に命がけで軍事境界線を越えてくることはあるが、それは例外的なことであり、ほとんどの脱北者が越えるのは北朝鮮と中国の国境である。

中国へ渡るには、ブローカーの存在が欠かせない。彼らは国境警備隊の買収、中国国内での潜伏生活の手配、偽造旅券の入手、周辺国経由で韓国へ渡る手配などすべてをこなす。携帯電話を使って北に残った家族との連絡や、秘密の送金なども請け負う。ブローカーなしに脱北は成立しないが、同時にそれは偽造、密売、高利貸し、人身売買がつきまとうダークサイドのビジネスでもある。

中国政府は国連難民条約を批准しているが、北朝鮮との長年にわたる協力関係から脱北者を難民とは認めない。そのため、脱北者は見つかったら北に強制送還されてしまう。送還されたら厳重な処罰が待っているし、命を落とすこともある。しかし、一度送還されても再び脱北を試みる人が後を絶たない。

先に韓国に行った親族が多額の資金を作って偽造パスポートを手配してくれるなどの恵まれたケースでは、中国から直接空路で韓国に渡ることもできる。しかし多くの人は、はるかに遠回りの経路で韓国を目指す。『羞恥』の主人公のうち「私」ことヨンギルとヨンナムは、中国からモンゴル経由で韓国に入っている。先に自殺してしまうトンベクは、中国で家族が公安に拘束され、自分一人だけが逃げてきた設定になっているが、どのルートを用いたかは明記されていない。また、ヨンナムはトンベクの妻を捜しに中国へ行ったときに故郷の先輩に会うが、この人物は不法滞在者として中国にとどまっている多くの潜伏者の一人である。

ヨンギルとトンベクが使ったモンゴル経由のルートは、中国の北部地域からモンゴルの国境まで、ゴビ砂漠を徒歩で移動するというものだ。無事モンゴルに入国すれば難民と認められ、調査を受けて問題がなければ韓国に行くことができた。しかし案内者もなく何日も砂漠をさまよわなくてはならないことも多く、体力的負担が非常に大きいコースであり、ヨンギルの妻も体力を使い果たして行き倒れになる。なお、モンゴルルートで脱北した人々をモデルにした韓国映画『クロッシング』(キム・テギュン監督、二〇〇八年)では、少年が砂漠を一人でさまよった末に死亡する場面が描かれているが、このエピソードは実話に基づいている。また、現在このルートは、警備が厳重化したため使われていないそうである。

現在最もポピュラーなのは東南アジアルート、とくに中国とラオスあるいはベトナムとの国境を越え、さらにメコン川を船で下ってタイとの国境まで行き、タイに密入国するルートだという。これもまた日数と資金がかかり、たびたびの検問をかいくぐる困難さに満ちたルートである。タイ政府は難民条約を批准しておらず、脱北者を不法入国者として扱うが、同時に人道的見地から北朝鮮への強制送還は行わないため、彼らは通常、韓国に送還される。他にカザフスタンなどを経由するルートもある。

困難な韓国社会への適応

韓国へやってきた人々はまず、関係機関から調査を受けた後、政府の教育施設で適応教育を受けてから韓国社会での生活に入る。政府は脱北者に定着資金として、二〇一七年現在、基本的に一人あたり七百万ウォン(日本円で七十万円程度。単身者の場合)、居住支援金千三百万ウォン(日本円で百三十万円程度)を支給している。韓国政府は二〇〇五年以降、定着資金を減額して自立を強く促す傾向にあるが、トンベクやヨンナムが韓国に来た当時はもっと高額な定着資金が支給されていたはずだ。しかし、経済感覚があまりにも違うため、定着資金をどう使ったら良いかわからず、詐欺にあう人も非常に多い。また、ブローカーに渡す謝礼を定着資金で支払うことに取り決めている人も多く、彼らは厳しい条件で生活をスタートすることになる。

脱北者の受け入れは韓国社会にとって、統一の予行演習と目されている。しかし社会への適応は容易ではない。二〇一四年のデータでは、失業率が一般の韓国人の二倍、少々古いデータだが二〇〇二年のデータで自殺率が三倍となっている。言語や文化の違いによる不適応、故郷への恋しさ、罪悪感、不安感、北での学歴や各種専門職の免許などが全く役に立たない無力感、新生活適応のストレス、韓国への幻想が崩れてしまうことなど、自殺に至るうつ状態を作り出す要因はあまりに多い。さらに深刻なのは受け入れる韓国社会側の無理解や偏見である。その結果、少数ながら北朝鮮に戻る決断をする人も存在する。

十三歳で脱北し、韓国の大学在学中に〈ワン・ヤング・ワールド・サミット〉で英語によるスピーチを行い、自分の体験を語って大きな話題となったパク・ヨンミは、著書の『生きるための選択』（満園真木訳・辰巳出版・二〇一五年）で、韓国の中学校に手続きをしに行った日のことを記している。その日彼女は教室に案内され、新しいクラスメートに挨拶してみたが、顔をそむけられ、「あの子ってスパイか何かなの？」という生徒たちのひそひそ話を耳にした。そしてその学校には二度と行かなかったという。

また、二〇〇二年に脱北し、韓国で博士号を取得して全州紀全大学教授となり、今年『遭難者たち――北と南、どこにも帰属できない者たちについて』（未邦訳）という本を上梓したチュ・スンヒョン教授は、「経済的貧困より偏見と差別の方が大きな問題」とし、脱北者への疑いと警戒、不信が存在することを指摘する。北で生きていけず逃げてきた被害者であるにもかかわらず、北朝鮮の侵入行為や核実験などがあれば真っ先に白い目で見られるのが、彼らなのだ。チュ教授はあるインタビューに答えて「脱北者が『進歩』という言葉を用いれば、アカと呼ばれてしまう」と語っているが、本書の中でも、中学生のカンジュがそのことに鋭敏に反応し、苛立ちを見せるシーンがある。

とはいえ、それは韓国人が特別に不寛容だということを意味するわけではない。歴史の帰趨から、高度な先進国と稀に見る後進国が隣りあう形になってしまい、そのギャップを埋めることは容易でない。また、長年にわたってきわめて強い緊張関係にあった国への固定概念は簡単にくつがえせない（それは北朝鮮の人々が韓国やアメリカ、日本を見る視線においても同様である）。

本書の成り立ちと事実関係

本書を書くにあたって著者は、多くの脱北者の手記を元にするとともに、実際に何人かの脱北者に会ってインタビューを行ったという。しかしその内容をそのまま使うというよりは、人物を造形する上でのイメージをもらったというのが実態のようである。著者自身の言葉によれば、この物語は「百パーセント・フィクション」である。とはいえ、ヨンナムの妻に関しては、多くの脱北女性が中国で人身売買の対象となっているという、たびたび証言・報道されてきた事実を踏まえている。

彼女たちは、嫁不足に悩む農村の男性の相手になったり（不法滞在者なので正式な結婚はできず、生まれた子どもは多くの場合、無国籍者になる）、ヨンナムの妻のように、ある地域の男性たちの相手をするために売られ、監禁される事例もあることが報告されている。

なお、脱北者の四分の三は女性である。その大きな要因として、女性には常に「需要」があり、そのために中国に潜伏することができ、どんなにひどい目にあっても越境のチャンスを狙い続けることが可能だという側面があるのだろう。また、比較すると男性の方が、職場に縛られて身動きが取りづらいことも関係するかもしれない。

また、ヨンナムを翻弄する遺骨発見事件について補足するなら、一九五〇年六月二十五日の開戦以来、兵士ではない民間人が虐殺される事態は枚挙にいとまがないほど起きた。残虐行為は両陣営にあった。双方が敵とその「協力者」を殺戮したわけだが、協力者の範囲が際限なく広がったので、死者数は増えるしかなかったのである。その全貌を具体的に明らかにすることは非常に難しいが、二〇〇九年に韓国政府は「真実・和解のための過去史整理委員会」を通じて、戦争初期に韓国軍や警察によって少なくとも十万人以上の民間人が殺害されたことを認めた。また、一九九〇年代末から韓国各地で民間人犠牲者の遺骨が発掘されている。なお、北朝鮮は戦争当時の民間人虐殺への関与を認めたことはない。

また、アメリカ軍はしばしばこれらの事件を知りつつ放任した。さらに、米軍自体による民間人虐殺事件としては、忠清北道で起きた老斤里《ノグンニ》事件が有名であり、本書に描かれた事件を彷彿させる。戦争当時は、一つの地域が北朝鮮側と韓国側にあいついで支配された結果、集団虐殺とその報復がくり返されるなどの事態も少なくはなかった。本書四九頁で、「高齢者は戦争体験者だから、戦争当時のごたごたに触れてほしくないだろうと思ってるんでしょ」と帰農した女性が話すのは、そのような事情を暗示している。

トンベクが自給自足生活を試みようとした江原道は激戦地であり、オリンピックを控えていた二〇一五年に平昌でも軍人の遺骨が発見されている。選手村建設予定地から民間人の遺骨が出土したり、それに関して米国の元軍人が証言したり、地域住民とデモ隊が反目するなどはフィクションだが、そのようなことが起きる舞台としては十分に該当しうる地域なのである。そもそも江原道は、三十八度線によって南北に分かれている。つまり、北朝鮮にも江原道が存在するわけだ。美しい自然と、むごい戦争の記憶が共存する場所（もっともそれは江原道に限らず、韓国全土がそうであるのだが）——このようなことも物語の理解の助けになると思う。

失郷民と脱北者

ついで、『羞恥』という小説そのものについて述べてみたい。

本書を理解する上で重要なのは、チョン・スチャンの両親がともに、北から南へ逃げてきた「失郷民」であることだ。失郷民とは文字どおり故郷を失った人という意味だが、韓国では、南北分断によって故郷に帰れなくなった人々を指す。

失郷民の数を正確に把握することは非常に困難だが、休戦直後の一九五三年の韓国政府の統計では、六一万八七二一人が戦時中に南に避難してきたとされている。これは開戦後の避難民だけの数であり、解放から戦争までの間に南へ移住したチョン・スチャンの両親や、南北を往来していて、戦争によって足止めされた人などの数は含まない。一九七〇年には、失郷民の戸主を対象に「仮戸籍」の申告を受けつけ、このときに戸主と、北に置いてきた家族を含めて五四六万三千人が登録された。この数字が、失郷民を語る際の数的根拠となっている。

チョン・スチャンが失郷民二世として、脱北者に強い関心を持つのは当然のことかもしれない。ヨンナムやウォンギルは、もしかしたらありえたかもしれない作家自身の姿でもあるからだ。だがここでは、そのような閉じた円環の中ではなく、朝鮮半島にまつわる「移動の物語」群の中で、失郷民と脱北者について考えてみたい。

この半島の人々は、長期にわたって大規模な、また多様な移動を続けてきた。植民地化とともに、また近代化とともに、彼らは日本へ、中国へ、サハリンへ、ロシアへと移り住んだ。一九四五年の解放後から朝鮮戦争の時期には多数の人が南へ北へと移動したし、南北移動はしなくとも、避難先に定住して故郷に戻らなかった人もいる。朝鮮戦争後の韓国は貧しく、そのため多数の炭鉱労働者と看護師がドイツに渡ったり、貧困のために親が育てられない赤ちゃんが海外養子に出されたり、またベトナム戦争への従軍、中東への出稼ぎなど多様な移動が見られた。よりよい暮らしや教育を求めて欧米に移民した人々はそこにコリアンタウンを作り、定着した。結果として、韓国人の家族史は必ずといってよいほど、その中にダイナミックな移動の物語を抱えこんでいる。こうした物語の層の中で、失郷民の物語は常に求心的な、必ず共感を集める位置にあり続けたと思う。

戦争後の韓国文学はくり返し失郷民を描いてきたし、失郷民自身やその子孫が作家になることも多かった。文学は常に、南北対立による移動の中にあったのである。その前提として、南北分断とともに大規模な文学者の移動があったことにも触れておきたい。当時、多くの文学者、芸術家、言論人が南から北に赴いて消息を絶った。北を理想郷と信じて自ら行った人から、拉致された人までその事情は多岐にわたる。その結果、教科書に作品が載るような有名な作家・詩人たちが北に消え、少数を除いては執筆活動を絶った。その後、彼らの作品が南においても発禁扱いを受けることもあったのである。その人数を正確に割り出すことも難しいが、ジャーナリストの丁英鎮《チョンヨンジン》は、九十六人の文学者の名前を挙げて、彼らが北に行った理由を詳細に分析した。

一方、北から南にやってきた文学者も数多い。例えば、かつて日本で出版された『現代韓国文学選集3・短篇小説1』（金素雲訳・冬樹社・一九七三年）というアンソロジーを見てみよう。これは、一九一〇年代から三〇年代に生まれた、幅広い年代の作家十九人の作品を収めたものだが、その十九人のうち十一人までが、北にルーツを持つ作家である。

この『現代韓国文学選集3』に、失郷民である李範宣《イボムソン》の「誤発弾」という有名な短編がある。北から逃げてきた男性が、生活の困窮と家族への責任を果たせないもどかしさに追い詰められ、挫折していく姿をリアルに描いた。映画化もされて大ヒットし、韓国映画史に残る名作とされている。

しかし失郷民の物語は単なる望郷物語ではない。極端なことをいえば彼らは、敵国に家族親族を持つ人々であり、潜在的にスパイ容疑をかけられる恐れがある。北での経歴を隠さなければ身が危ないこともあるし、隣人の探るような視線を感じながら生きねばならないこともある（このことは現在の脱北者にも共通する）。その一例として、日本でもよく知られた作家黄皙暎《ファンソギョン》が一九七二年に発表した「韓氏年代記」(『客地　ほか五篇』高崎宗司訳・岩波書店・一九八六年、に所収)という作品を挙げることができる。北朝鮮の正直すぎる医師・韓永徳《ハンヨンドク》が、やむをえない事情から家族を平壌に置いて逃げてきたが、知人からスパイだと密告されて一生を棒にふり、惨めな末路をたどるという物語だ。黄皙暎の両親もまた失郷民であり、作家はこの小説を「私の家族史を淡々と描いたのです」と語ったことがある。韓永徳の姿は、南北分断状況における閉塞をそのまま体現する存在であった。

時は流れ、失郷民一世はみな年老いた。そして、普通の人々の顔が決して見えない北朝鮮から、脱北者たちが現れた。南北間の移動の物語は新しいパラダイムを迎えたのである。そして脱北者を描く文学も生まれた。日本に紹介されたものとしては、カン・ヨンスクの『リナ』(吉川凪訳・現代企画室・二〇一一年)、先にも名前を挙げた黄皙暎の『パリデギ――脱北少女の物語』(青柳優子訳・岩波書店・二〇〇八年)などがある。前者はリナ、後者はパリという少女のサバイバルを描いた魅力的な小説である。『リナ』は国籍をぼかしたファンタジー風の設定、『パリデギ』では動物や死者と語り合える不思議な能力をもつパリが中国からロンドンへと向かう。二冊とも少女が主人公なのは決して偶然ではないと思われる。かつての脱北者には専門技術や知識を持った男性が多かったが、現在は様相が変わり、脱北者の物語は文字どおり体を張った女性の冒険譚で代表されるようになっていると見ることができるからだ。

過剰な罪意識

『羞恥』はそれとはまた違い、脱北という行為そのものではなく、韓国に定着しようとする彼らの生活の実相を描いた。登場人物は中年男性であり、果敢な冒険ではなく、地味な失意の日々を送っている。そこでクローズアップされるのは、家族を置いてきたこと、あるいは生き延びたことへの罪意識と羞恥だ。これは失郷民文学においても通奏低音として流れていたものだし、またあらゆる戦争、大量虐殺、災害を生き延びた人々に共通の痛みである。家族を失い、また友をなくしたヨンナムは、そんな痛みのただ中で不断に体操をして体を鍛え、鶏を飼い野菜を作り、友人の娘が学校に適応できるかどうか気を揉み、小型バイクに乗って、この国でもあの国でもないどこか違う世界を走りたいという願望を持ったりする。

著者が、羞恥に強くフォーカスすることによって浮き彫りにしようとしたのは、移動に伴う孤独の深さかもしれないと思う。その孤独に照らされることによって、著者を含む韓国社会の貧しさ、侘しさがいっそう浮き彫りになる。チョン・スチャンによれば、彼の両親は朝鮮戦争当時とその前後の体験を「草根木皮で命をつなぐ」という言葉が大げさではなかったと語っているそうだ。それを踏まえて著者は原著のあとがきで、「あなた方が本当に望んだ社会とは何だったのかと父母に問うべきだった」と記した。父母の世代は、「基本的な人間の尊厳を守れるだけの物質的基盤」を望んだはずであるし、そして今、前の世代が残したものは、人間的な生の基盤だったのか、それとも物質そのものだけなのか、問わなくてはならないと。本書が脱北者の肖像であると同時に、韓国社会の肖像でもある所以だ。

なお、翻訳をほぼ終えるころ、ソウル大学言語文明学部のソ・ヨンチェ教授が昨年発表した著書『罪意識と羞恥』（未邦訳）という本を読んだ。これは韓国文学を「罪意識」と「羞恥」という二つのキーワードで説明する刺激的な論考である。

例えば、韓国近代小説の父といわれる李光洙《イグァンス》の代表作『有情』（池明観＋七人の会訳・高麗書林・一九八三年）は、実際にはやっていない不倫を疑われた男性主人公が、自分を責め、シベリアのバイカル湖に行って自殺を図ろうとする物語だった。それをソ教授は、国家が主権を失った後、主体になることのできない男性が、存在しない罪を犯したと自らを断罪することで初めて主体になろうとする試みだと読み解く。また、解放後もっとも重要な小説の一つとされる崔仁勲《チェイヌン》の『広場』（『現代韓国文学選集1　長編小説』金素雲訳・冬樹社・一九七三年、および『広場』田中明訳・泰流社・一九七八年、の二度邦訳あり）では、朝鮮戦争で捕虜となった主人公が捕虜交換の対象となるが、南北のどちらでもなく、第三国であるインドへ行くことを選ぶものの、インド到着を目前にして自殺する。これも、戦争勃発には責任のない人間が過剰な罪意識を持って自己処罰を試み、それによって初めて主体となれるという心理を表すという。

過剰な罪意識、過剰な羞恥という点は、犬を盗むというトンベクの行為や、懺悔劇で自分を晒し者にしたいというヨンナムの心情にも連なるように思われた。これらの発想が、植民地化と朝鮮戦争という、自ら選んだのではない歴史による翻弄と何らかの関係があるとすれば切実なことであると思う。

歴史の몸부림《モムブリム》を感じとる

当事者ではない著者が脱北者の心情を代弁しようとしすぎている、一種の領域侵犯ではないかという批判も当然、成り立つだろう。実際、自殺する脱北者が存在する一方で、先に紹介したパク・ヨンミのように、北朝鮮の人権問題に取り組む脱北者や、ビジネスの世界で成功を収めた人々も存在する。例えば『脱北者たち』（申美花著・駒草出版・二〇一八年）には、ビジネスで成功を収めた脱北者たちの体験が紹介されているが、そこに登場する、とくに女性たちのたくましさは見事なほどだ。ある女性は、河北省の農家の男性の妻になり、子供を産み、その後摘発されて北朝鮮に強制送還されるが、二度目の脱北で成功し、韓国で食品のネット通販会社を立ち上げて成功した。それとともに中国から子を呼び寄せ、同時に北朝鮮から妹一家も脱北させて一緒に働いているというからすごい。人身売買されてもそれで終わりではないのである。

一方で、さまざまな映画祭で高い評価を受けた『ムサン日記――白い犬』（パク・チャンボム監督、二〇一二年）という映画では、若い男性脱北者が韓国社会に適応できず、職を転々とし、孤独の中で生きる姿が描かれる。監督自身の友人であり、現実に自殺してしまった青年がモデルだそうだ。このように、脱北者の肖像は広いスペクトラムの中にある。その中で本書は、脱北というドラマを、「羞恥」という韓国文学に深く根ざした感情を元に読み解き、韓国人が共有する移動の物語の深層を見つめ直す作品と言えるだろう。

振り返れば、チョン・スチャンの二作目の小説『古い光』は、息子がいじめによって自殺してしまったという過去を持つ一家と、自殺に追いやった加害者側の一家の関係を描いたものだった。ここでも罪意識との共存、突破というテーマが際立っており、被害者と加害者がメビウスの帯のように無関係でいられないようすが活写されていた。『羞恥』においては、自殺を選ぶ脱北者たちと、拝金主義への同化を当然のことと考える地域住民との関係も一種のメビウスの帯なのかもしれない。ヨンナムには、適度な距離感を持って彼の孤独を理解してくれそうな隣人もいた。バイク屋の主人ナム・ヨンウクと、懺悔劇を指導する演出家である。しかし彼らの力だけでは、ヨンナムはメビウスの帯から抜け出せない。

そこを突破する存在として、ウォンギルには娘のカンジュが存在する。彼女が風変わりな同級生とのつながりを通して安定を得ていく姿には、親の世代の罪悪感や羞恥から抜け出して生きていく希望が託されていることも理解できる。娘には恥を引き継がせてはいけないという確かな意志とともにウォンギルが再生を誓うラストシーンは、つらく悲しいこの小説を確かな一筋の光で照らしている。

今まさに起きている問題を文学作品のモチーフにすることは、さまざまな困難を伴う。脱北者の状況もどんどん変化する中で、本書は、その時々に作家が取り組んだ誠実な作業の現状報告という側面を強く持つ。日本に住む我々は、隣国でそのような作業が続けられていると知ることが重要であると思う。本書を訳しながら、たびたび「몸부림《モムブリム》」という言葉を思った。身もだえ、もがき、あがき、苦闘といった意味合いの言葉で、一つの訳語におさまらない。本書を訳しながら訳者はずっと、「歴史がモムブリムしている」という印象を持ったのである。南北関係が真の変化を遂げうるかどうかを世界が固唾をのんで見守っている今、我々は常に歴史のモムブリムを感知するセンサーを持ちたい。

なお、現在、脱北者自身による文学も蓄積が進んでいる。今までに脱北者によるおびただしい数の体験記が書かれてきており、さらに、北で作家活動をしていた作家や詩人が南で発表した作品もある。日本語で読めるものとしては『わたしの娘を100ウォンで売ります』（張真晟《チャンジンソン》著・ユンユンドウ訳・晩聲社・二〇〇八年）、『越えてくる者、迎えいれる者——脱北作家・韓国作家共同小説集』（和田とも美訳・アジアプレス出版部・二〇一七年）などがある。特に後者は、脱北作家と韓国作家双方の作品を集めた画期的なアンソロジーであり、脱北者の心情のみならず、それを受け入れる側のとまどいや恐れも描き出した貴重な一冊である。

終わりに、本書を刊行してくださったみすず書房の八島慎治さんと川崎万里さん、訳文チェックをしてくださった伊東順子さんと岸川秀実さん、また本書の存在を教えてくださり、強く翻訳を勧めてくださった韓国のロシア語翻訳家、オ・グァンギさんに御礼申し上げる。

二〇一八年六月

斎藤真理子

著者略歴

(전수찬)

1968年大邱《テグ》生まれ．延世大学電気工学科卒業．両親が南北分断により北朝鮮から韓国へ避難してきた，「失郷民」二世である．2004年『いつのまにか一週間』で第9回文学トンネ作家賞を受賞して作家デビューした．他の長編小説に『古い光』がある．

訳者略歴

斎藤真理子〈さいとう・まりこ〉 1960年，新潟市生まれ．明治大学文学部地理学科考古学専攻卒業．91-92年，延世大学語学堂に留学．2015年，パク・ミンギュ『カステラ』(ヒョン・ジェフンとの共訳 クレイン，2014) で第一回日本翻訳大賞を受賞．その他の訳書にチョ・セヒ『こびとが打ち上げた小さなボール』(河出書房新社，'16年)，パク・ミンギュ『ピンポン』(白水社，17年)，ハン・ガン『ギリシャ語の時間』(晶文社，17年)，ファン・ジョンウン『誰でもない』(晶文社，18年)，チョン・ミョングァン『鯨』(同) などがある．

チョン・スチャン

羞恥

斎藤真理子訳

2018年 8 月 1 日　第 1 刷発行

発行所 株式会社 みすず書房
〒113-0033 東京都文京区本郷 2 丁目 20-7
電話 03-3814-0131(営業) 03-3815-9181(編集)
www.msz.co.jp

本文・表紙印刷所 精文堂印刷
扉・カバー印刷所 リヒトプランニング
製本所 東京美術紙工

ISBN 978-4-622-08716-8
[しゅうち]